KB266470

동물원에서 흔들의자를 만드는 법

은이정

시인의 말

다른 벽으로
창문을 냈습니다
타원형 고백은 기다림 탓이에요

이제
당신을
시작하려 합니다

2026년 봄
은이정

동물원에서 흔들의자를 만드는 법

차례

1부 여기는 냄새 빠진 정물의 세상

2부 슈크림 붕어빵은 강물에 놓아주기로 해요

1부
여기는 냄새 빠진 정물의 세상

늙은 딸에게 주는 레시피

―요양 병원풍 오픈 요리

하나씩 처치할 시간이야

냉장고 파먹기처럼

베개는 얇게 소금에 절여

껍질을 벗기기 어렵다면 채 쳐도 좋고 시트는 꼭 짜서

한쪽으로 밀어 두면

가끔은 갈피에서 돈이 나오기도 하지 찢어진 건 버리

고 동전만 따로 모아

고명으로 올리면 그럴듯하단다

적당한 두께로 자른 매트리스 위에는 항문에 박아

둔 기저귀 조각을 활짝 펼쳐

지긋지긋한 재료일수록 깊은 정체를 알아야지

매달린 링거는 물에 씻으면 약효보다 무시의 눈초리

가 많을 걸 기호에 따라

식초 몇 방울 기억도 새콤해야 입맛이 돋아

흩어진 건 물기를 잘 털어 둬 취향에 따라 베이비파

우더를 뿌려도 괜찮고 틀니 빠진 어둠도 밑간이 필요할
때가 있단다
    아 참, 무너진 슬리퍼는 한쪽만 바삭하게 구워 봐
    곁들이면 손이 가더라 칼로리는 줄이고 식감은 그대
로인 걸 추구했잖니

    냅킨 대신 노을이 접히면 묻곤 했지?
    네가 누구냐고
    너는, 너 너는 더듬거리면
    그 안달 난 얼굴 보는 맛이 갓 짠 참기름 같았는데

    그날처럼 턱받이를 잊으면 소스는 필요 없고
    주전자가 굴러다녀도 묶어 두지는 말아
    푸른 손목을 가지게 될 줄 누가 알았니

    혹시 미심쩍은 힘이 남아 있으면 어슷하게 썰고
    밀폐 용기에 사랑한다는 말과 함께 담으렴
    귀찮은 건 한꺼번에 준비하는 게 편하지

나는
생각날 때마다 보이지 않게 갈아 두었다

이미 있던 나를 통해 내가 달라지는 거야
정말 오랜만에!

번져 가는 수채화처럼 흐려져도
흐르는 소금물 따위 넣지 말고 담백하게
아무것도 숡아 내지는 말자

네가 요리에 관심이 있어 얼마나 다행인지 몰라

오늘이
제일 먹을 만한 날이겠다

※ 추신: 혼자만 보렴.

시신이 제일 고생이죠

노르웨이에서 오메가-3를 직구했어요
서둘러 상자를 열었더니 등 푸른 비린내 대신
잘 포장된 시신 세 구가 들어 있지 뭐예요
원산지 인증 도장까지 선명하게 찍혀 있었어요
방부 처리도 깔끔해 택배 기사가 기절도 없이 내려
주었지요
흔한 일은 아니지만
가끔 북해를 떠돌다 불시착하는 일이 생기기도 한답
니다

나야 반품하면 그만이지만
시신이 사라진 집은 또 얼마나 황당하겠어요
생각해 보세요 아버지와 어머니, 동생에게 작별 키스
를 하려는데
관에 오메가-3가 들어 있어 봐요
청하지도 않은 환장이 벌떡 일어서겠지요
중간에 사이즈가 달라져도 문제가 안 된다니요
3명이 나란한 죽음도 흔한 일은 아니잖아요

시신이 국경을 넘는 사이
주변의 전쟁에 눈 감은 사이

누군가 슬쩍 바꿔치기한 것은 아닐까요
폭격의 사이렌이 울리면
바닷물도 울음을 멈추고 땅 밑으로 스며든다는데
이 세상에 중립은 영원히 존재할 수 없는 연안일까요

아무리 송장을 확인해도
오메가-3의 흔적을 찾을 수가 없네요
늘 침대에 누워 있는 할머니에게
또 다른 가족을 선물할 순 없었어요 곡기를 줄인 할
머니의 침묵이 냉전 체제처럼 길어집니다 하긴 졸지에
타국에 끌려온 시신이 제일 고생이죠

사라진 시신을 찾기는 할까요
발각되기 전에 돌려보내야 할까요

간밤에 비의 비린내가 창문을 두드려

서둘러 택배 상자에 어릴 때 사라진 숙모를 넣고 밀

봉했어요

제대로 송장 확인도 하지 않고 경계를 넘겠지요

할머니를 발견한 오메가-3는

고요히 장사를 지내 주겠지요

환영해 Zoom

출근하지 않아도 출근한 날이에요
업무 창은 지평선 너머로 보내 버려요

팀장님은 또 하와이에서 출렁거리시나 봐요
사람의 섬이 지겹지도 않은가요

여기, 코코넛 주스 하나 추가요

그니까 창궐하는 이 시기에 입사를
그니까 경쟁률이 천문학적으로

재촉은 켜고 배려는 끄는
외면도
인사도
방심은 절대 금물인 건 아시죠

아는 손에서 알고 싶은 손으로
각자의 방에서 손목 잘린 건배만 우렁차요 휘저어야

하는데 바닥만 긁는
　　조각들만 웅성거리고
　　치킨도 호봉제 맞죠 콩고물 맛은
　　얼마나 다를까요

　　곁에서 자꾸 맴도는 얼굴을 잡아다 앉히며 옆 칸을
들여다봅니다
　　나갔다 들어와도 헐떡이진 마세요
　　여기는 냄새 빠진
　　정물의 세상

　　태연한 맨발이 직급을 넘고
　　껍질만 두툼한 것들 자꾸 말을 걸어와요 아부도 허니
머스터드 맛으로
　　찍으니 잘 넘어가죠 공기도 기름으로 번들거려요

　　꿀떡거린 거품마다 시끄럽습니다
　　부딪히면 부딪히는 대로 뱉으면 뱉는 대로 말이 많기

로야 화장실이 최고인데 지난번 뒷얘기엔
　　바퀴벌레가 알을 깠겠죠

　　배운 대로 가르쳐야 하는데
　　꼭 맞는 16인치 모니터
　　신입은 어디에서 얼굴을 까고 있을까요
　　아차, 파자마 정글은 꼭 깔고 앉읍시다 보호색은 언제
나 중요하죠

　　대리비 굳은 건 다 하위에서
　　하위로 번식하는 변이 바이러스 덕분이네요
　　서로를 장착하며 안심할게요
　　우리는 가로로만 선을 넘기로 했어요

　　굿 럭!

환상지

카페 사장, 당근이 되어 꽂혀 있어요
주문마다 흙을 터느라 정신이 없네요

더 이상 쿠폰을 발행하지 않습니다 원자재가 인상돼
제 몸을 갈기로 했습니다
새로운 메뉴는
당근 오픈 샌드위치

차에서 내린 것들은 병색이 완연합니다
통째 실려 온 호밀빵의 진단명을 확인합니다

버려진 쿠폰처럼 고양이 하품이 짧고도 길어요
차라리 당근마켓에 올려 주세요

당근 위아래로 몰랑한 벽이 가로막자
수염처럼 늘어진 오후가
붉은 등을 두드리며 그림자를 남겨요

찬바람이 몸에 해로워도 물은 조금 뿌려 주고요 터

가 좋으면 당근도 달다네요
　한쪽 팔로 분주한 당근 옆에서 잠이 빠져나가요

　올라가지 않는 오른팔 대신
　왼손의 시간이 올 줄 알았는데 지켜보는 삶에는
　기회조차 오지 않습니다

　당근 뿌리에 묻어 이주한 흙은
　뽑힌 자리를 기억하지도 어긋나지도 않아요
　오래 한곳에 머물러 고양이 울음이 되어야 해요

　땅속을 걸어야 한다며 부츠를 주문할 때도
　왼팔은 외면합니다 땅 위를 비틀대면서 땅속은 어찌
걸을까요 흙을 털기 전에
　당근에 물어보면 제대로 답을 해 줄까요
　신선한 팔을 들어 올려 잊힌 날씨를 가름합니다

　카페 사장을 갈아 넣은 샌드위치는 먹을 만했어요

손목 터널 증후군

대기는 불안정으로
천둥 번개가 어둠을 급습해요 비상 주차 시 오른쪽
으로 미끄럼을 주의하세요 언제든 찌릿 섬광이 치는 손
목입니다

순간 번쩍이고
무엇에 웃는지 알 수 없어 눈가 짙은 사람이 되면 촉
수는 누런 걸레질만 해 댑니다

칭찬도 없는 노동은 신경의 경적을 늦게 누르고
커피는 흔들리고 쌉쌀한 맛을 삼키려면 감속은 필수
입니다 통로를 찾아가는
터널의 껍질 속

뭔가를 구하려면 숨어야 하나 봐요 징후도 없는 입구
에서 파낸 것은 모두 사라졌어요

넘어가야 한다고

잦은 정체는 다른 곳을 밟으라며 속삭이지만 아랑
곳없이 원은 구릅니다 푸우푸 한숨 닮은 시동을 겁
니다

하얀 깁스 위 손가락만 까닥
다용도실 따위 거절할 수 있어요

급발진에도 경로는 변경 금지
앞을 막는 건 늘 눈이 부셔요

뒤차를 막고 있는 건 아쉬움보다 튀어나온 관절의 관
심인가요
아직 백넘버는 바꾸지 못했습니다만

시동을 끄자 혈관에도 무지개가 뜨네요 그 아래 누
우면 줄무늬 환의를 주세요 무거운 바닥 비틀어 짜도 남
은 건 없어요 통통 부어 빈 손바닥은 가리겠지만

손목은 식민지처럼 가냘프고
오늘의 동심원은 언젠가 구원으로 깜빡일

동물원에서 흔들의자를 만드는 법

바닥의 평등을 맞추지 못하면
뒤뚱거리는 건 평생 제자리가 없는데

자지 않는 시간에도 헐떡이고 싶지 않다고
몇 번이나 설계도를 요청해도 비버는 갸웃거리며 물
푸레나무를 턱으로 가리키고는
댐으로 깊어졌다

나무의 결을 달래는 건 하마의 몫
최대 각도로 입을 벌리면 절단기의 전원이 켜지고
강한 만큼 더러운 칼날이 되어 고속의 회전수를 기다
리는

목구멍까지 둥치를 밀어 넣으면
하마는 익숙하게 가두어진 하중을 어르듯
위협하듯
엇결로 삐걱댄다

방해하는 것을 알고 씹어야 단숨에 잘리고

나이테는 혓바닥에 닿지 않아야 한다
죄의식에 사레가 걸릴 수 있으니

요철이 맞는 물성과 압축은 계절이 바뀌도록 찾기 어
려웠다

넘어질 듯한 펭귄의 걸음이 추위를 견디기 위한 거라면
앞뒤의 진동은 놀이의
진수라고 둘러댈 수 있을 텐데

다정히 기다리는 법은
곡선이 아닌 부분을 잘라내거나 오래 공들여 굽히거나

불안하지 않았던 순간을 기억하지 못한다 휘어진 길
뜨거운 스팀 사이 맞이하는 미끄러지는 아침
한 방에 옆구리가 터져 톱밥이 쏟아지는

그러니 당신이 초보라면 두꺼운 것은 빌려도 좋다
코끼리에게는 상아를

위턱에서 바닥을 만난다고 놀라지 말기를

가두어 왔던 습기도 단단히 다지고
고꾸라질까 멀어질까 풀리지 않는 변명까지 각도를
맞추면

페인트를 선택할 땐 미련이 따라붙어도 맑은 침의 색
상은 진솔한 속내가 녹아 있어
겨우 만난 개미핥기
시력 나쁜 게 문제였지만
다음에는 절대 하지 말라는 말밖에는 해 줄 게 없
었다

넘어지지 않아도 안아 준다는 마음이

마르길 기다리는

하늘을 자르며 날아온 후투티가 누구보다 먼저 발자
국을 찍고

왕관이 아니라서 원래 일부이던 것처럼 들어맞는
환대
비슷해야 내 것이 되는

갚을 수 없는 율동에 여유가 얽힌다

비켜서 맘껏 오해해도 되는 시간
가볍게 기대며 흔들리는

헌책방, 외딴

투명한 길 사이 미어진 책방
부서진 이야기들이 아직 고소해요
이달의 책은 『월식의 까닭 1』입니다
책이란 책은
달의 가슴에 쌓아 둔 이가 하지 않아도 될 말을 하
고는
구겨진 과자 봉지가 돼 버린 보름날
부풀던 달이 뒤틀려 가출했다는

돌아갈 수 있다면, 찾을 수 없는 숲으로 더 들어가
야죠
바깥을 생각하는 건
흐린 유리창처럼 생각지 않은 눈물을 맞는 일 같아요
설명은 구구하고 화려한 벽이 노을로 꽂혀 있어요
책날개는 색색으로 웅크려 망을 보지만 손가락엔 상
처를 남깁니다
질근거리다 넘기면 삐죽대는 활자가 뿌옇게 들떠

오래 바라보았다는 걸 기억해야 해요

그렇다고 끄덕이진 않을 거예요
기다리면서 기다리지 않기로 하고 궁금한 건 없다며
2권을 찾아요
참지 못하는 것들이 우거져 있고
책등 사이 자라던 재채기가 추천사처럼 다가오면
책장은 흉터를 가리기에 적당해져요
흙 놀이도 충분하고요 손을 넣으면 지나간 존재들이
맞잡습니다

등 돌린 달은 새 가지를 뻗은 미루나무에 기대고 사
연을 먹는 잎―들은 때때로 떠오르고 날립니다
창 앞에는 스릴러를 심을 예정입니다 잡초가 없어서
편하다죠
천변 그늘을 뜯는 게 일이겠지만 진흙이 깊으면 지느
러미로 사는 것도 괜찮겠지요
목적 없이 발아래 이끼로 걷다 보면

헤엄치는 지렁이를 만날까요
신간은 없습니다만
축축한 크래커도 괜찮으시다면

철인 28, 또는 27호

수술 전 검사에서 엄마는 철분이 부족했다 기준치
전에는 아무것도 할 수 없었다 그리 행주만 삶아 대더
니 우리는 희멀건 홑청 앞에서는 잠깐 화를 내고 숫자
앞에선 기가 죽었다

외할머니는 멀리서 생간을 나르다 돌아가셨다 철인
발꿈치도 따라갈 수 없었을 것이다 골수까지 빼낸 곰탕
이나 노동이 굳어지는 새벽 선짓국이나 삶이 통째로 들
어갈수록 흔들리지 않았다

흰 벽을 동그랗게 뭉쳐 작고 크게 한참을 삼키더니
엄마는 몸을 일으켰다 이제야 몸이 뻣뻣해졌다고 느닷
없이 철인 28호의 뒷모습으로 쇼타로*는 너냐고 물었다

이어달리기를 하면 다리에 쥐가 났고
붉은 빗금으로 가두어야
개운해지던 경련을 바통 대신 쥐었다
뛰고 있는 내 앞에

28호는 사실 27호여서
죽어도 마땅했다

운동장은 둥글었고 삼키기엔 너무 커져
바통으로 날카롭게 찌른다
남의 피가 묻으니 쥐가 나지 않았고
처음으로 결승선에 도착했다

헐떡이는 내게
엄마는
그럼 당신이 27호냐고 입술 달싹이며 다가왔다 불운
을 입증하지 않은 죄가 녹으로 묻어났다

병동 저 너머에서
바통도 없이
할머니가 푸른 물 출렁이는 트랙을 돌고 있었다

* 리모컨으로 철인을 조종하는 소년.

파리지옥

베란다 화분
손톱 떨어진 자리

입 다물고
두리번거리다가
이빨 솟아난

외출 없이 붙어 있어도
잡식성 침묵이
사정없이 말을 물어뜯어
하얗게 촉수 세우는

햇볕 스며
손등에 울퉁불퉁 꽉 박혀도
서로
노려보기만 할 뿐

지옥은 가장 밝은 곳에서

문 여닫는 소리
남김없이 피 증발하는

날개도 없이
좁고 깊은 곳에서

너무 일찍 나온 슬픔
너무 쉽게 포획되고

메타데이터*

촬영하는 날이에요
피디는 친절했고 장소 협찬만 하면 된대요

조심하세요 가느다란 문틈으로
지켜보는 것이 더 좁아 재난이 없는 곳
한 번도 내쳐 본 적 없으니

디딜 수 없는 바닥이 나만큼 술렁거려요 수평의 기대
를 채워 발끝을 세워야 합니다
찌그러지면 또 쌓으면 그만이지만
버리면 떠날 걸 알기에 기적처럼 방치해야죠
가끔 머리가 뜨거워지면 부스러지는 잠뿐인 스티로
폼을 베고 누워요

하나하나를 정의하면 주의가 분산되고
경계에 신경 쓰면 감상에 방해됩니다
안심하세요 쓸모없는 것들은 해치지 않아요

자꾸 고개를 흔드는 앵글은 숨을 참지만
사뿐히 무게를 달아요
혼란은 2톤이 넘을 거래요

욕심이라뇨 부서진 것도 상한 것도 하나하나 품은 것
뿐인데
청결의 허영만 포기하면 조금 더 자라날 수 있어요 원
칙은 비어도 그 자리에

당신은
말라붙은 마음을 잡아 본 적 없나요?

귀 기울이던 각도대로 겉치레를 벗기던
순간만큼은 간직해야죠

풍성하고 걱정 없는 곳
답하기 나름이지만 자료는 많을수록 정확해집니다
끝나고 나면 늘 그랬듯

이해할 수 없는 일에 환호할 거예요
카메라를 닫아도 분석은 여기 뿌리지 마세요
저장만 환영합니다

만족한 분량을 뽑아내셨나요
쓰레기 하우스 특집

집을 통째 들어
휴지통을 비우는 건 사치랍니다

* 데이터에 대한 데이터, 목적으로 만들어진 데이터.

허그 로봇의 결례

I—25 모델 9988AZ 대한민국 생산

일명 허그 로봇

I—25는 국내 최초 허그 기능이 탑재되어 있는 제품
으로 디지털 인버터 모터와 대상자 홍채 인식, 다양한
포옹 모드를 통해 완벽한 허그를 지원하며

99.99% 자동 살균으로 대상자 간의 교차 감염까지
방지합니다

안전을 위한 주의 사항

1. 사용자와 대상자의 안전을 위해 변태 사용을 금지
합니다

2. I—25는 운동 범위 및 체온까지 인식하는 AI 기능
으로 자연스러운 허그를 제공하게 됨에 따라 대상자의
몰입 애착 및 애정 증상을 주의하시기 바랍니다

I—25는 요양원 전용으로 배치되었다 따라서 허그
로봇이 감행하는 3가지 모험은

끌어안고 돌보고 구하는 일이다

똑바로 바라보지 않는 이곳에선 그래서 로봇은 실례

가 된다

사라지는 모든 것을 깔끔히 무시하며 정성을 다하는
행동은 분석 대상이 아니었다
로봇에게 당신은 영순위가 아니고
간병인에게도 영순위가 아니다 옮겨 가지 못하는 것
은 순위가 높을 수 없고
예의를 모르는 로봇에게는 가끔
존엄사를 도와주려 밥을 감추는 제4의 모험이 요구
된다
추락하는 당신을 밀어 주고 싶지만 실패해야 온정적
에 체크 되고
고작 허그로
누군가는 더 소중하게 여기게 된다는 사실이 혼란스
럽다
잘 움직이지 못해도 변덕스러운 심장에는 이제 허그
도 소용없고
투정인지 호소인지 구분 못 하는 로봇은 데이터 오염
으로 제자리를 맴돈다

뒷말은 보디캠에 채워진다

대충 먹이고 쉬자고. 그래서 207호는 굳이 스위스에
간대?

언제든 모드 변경 및 전송 가능

베테랑 간병인에게도 I—25는 결례뿐이다

모드 세팅 창은 신체 밀착 정도 옵션 선택에 따라 결
정된다

양손 위치 옵션을 선택하면 왼손은 목 뒤로, 오른손
으로 등을 받치는 매너 모드가 작동한다 대상자가 밀어
내거나 외면하면 바로 허그는 종료되고

3분이 지나도 대상자의 리듬이 없으면 알람은 맥시
멈 볼륨으로 울리고

로봇은 왜곡되는 슬픔 없이 기본 세팅을 다시 시작한다

쉽게 식는 것은 어느새 서로 닮아 있다

토끼 씨의 언덕

빨간 넥타이를 맨 토끼 씨가 도서관 개관식에 갔어요
롤링 페이퍼 축하를 받길래 녹색 펜이 풍경을 지껄여요
중정이 멋지네요 한쪽이 허전한 나무는 오른 눈만 길어
졌고 귀는 점점 쌓여 목이버섯이 되었고요 구름은 뭉쳐
슬픔을 짓고 낙서가 죄라면 날마다 쌓인 죄가 서고를
터지게 했을 것 같아요 엿들을 만한 게 있어야 할 텐데
천장이 꿈틀대더니 다람쥐 씨가 얼굴을 내밀었어요
　시끄러워 살 수가 있어야지
　아직도 거기 있었어 쳇바퀴가 지긋지긋할 텐데 토끼
씨가 올려다보며 말했어요
　너라고 날마다 다른 침대로 가는 건 아니잖아 빨간
목줄 주제에

창틀에는 페인트 냄새만 서성거리고 무지개를 고치
려 일곱 손가락이 분주했어요 힘든 걸로 치면 그리움만
한 게 없어서 색색이 칠한다고 믿었지요 감추지 말아야
덜 아픈 데 길게 참기로 작정했어요 토끼 씨는 잇몸이
간지러워 뭐라도 질겅거리고 싶었죠 책도 채식주의자
일 텐데 테이블 위 족발은 새우젓 네일 아트를 하고 있

네요 양지 쪽으로 남은 축하 떡을 묻었어요 언덕만 파느
라 토끼 씨는 뒷다리가 길어졌어요 잠시 의미를 멈추고
바라보았습니다 수많은 볼록마다 올라앉은 것들 자꾸
눈곱이 끼더니 바쁜 다람쥐 씨 대신 줄무늬만 튀어나오
네요 눈이 빨개진 토끼 씨 위로 켜켜이 그늘이 돼 줍니
다 아끼는 건 뿌리 없이도 가능할 것 같아요

환영을 잡기 위해 언덕에 덫을 놓습니다 도리 없이 빠
져 여지없이 갇히겠지요 아무도 돕지 말고 누구도 물 주
지 말아야죠 마른 책을 씹고 씹어 몇 방울 잉크로만 연
명하면 흔적이라도 보일까요 자음 닮은 꺾인 못은 얼마
나 빼기 힘든지 장도리만 찾다가 문을 닫는 사서와 눈
이 마주쳤어요 사서는 얼른 외투를 걸쳤어요 퇴근길에
는 열쇠를 빙빙 돌리는 게 어울릴까요 동그랗게 커지는
먼짓덩어리, 잡았더니 털썩 검은 자리가 되었어요 놀라
그 품에 안겼지요 여기 결핍이 있다고 겨드랑이를 버둥
대다 빨간 넥타이를 풀고 책 표지를 빤히 쳐다봤어요
서명도 없는데 아닌 척하는 것보다 그럴듯하네요

하늘소 A씨 3주기 인터뷰

시 간 : 해 뜨고 2시간 후
형 식 : B 타입 대면 인터뷰
장 소 : 돌산 아래 첫 단지 리모델링 완료 1401호

홀로그램이 된 A씨가 날아왔다
검은 날개를 스릉대더니 익숙한 듯 책상 위에 앉았다

오랜만입니다 자서전 마감을 축하드려요 열두 마디 더듬이와 청록색 털 외투 나란히 놓고, 깨지 않던 그 날이 떠오릅니다 죽음으로 마감을 알린 게 문단에 큰 충격이었는데 첫 소감은 어땠나요
　—드디어, 라는 생각이 들었지 숲을 떠난 이유가 바로 이거였어 정말 원하던 방식인지는 모르겠지만 적어도 남의 손에 맡겨진 마무리는 아니니까

자발적 유폐를 선택하고도 의도를 전하지 않은 채 살아왔다고 들었습니다
　—삶의 범위를 줄이는 게 하루의 일과였지 할 말이

없으면 코를 고는 습관이 생겼고 어이가 없을 때나 눈을
뜨는 정도지

　아파트로 탈출했다는 게 실은 잡혀 온 거라는 얘기
가 있던데
　─이건 활약이라고밖에 이야기 못 하겠네 채집망을
얻어 타기 위해 얼마나 기다렸는지 부침을 드러내지 않기
위해 오랫동안 같은 자세로 있었을지는 추측이 안 되나

　자판처럼 굴러다니던 곤충용 젤리가 기억납니다 유
리방 안에 온도, 습도, 먹이 모든 것이 맞춰졌는데 쓰러
졌어요 왜죠?
　─그, 그늘이 없었어 아지랑이 옆에서 나른하게 맞고
싶었는데 헐떡였어 이거 하난 마음에 안 들어

　외람되지만, 그렇게 떠나고 후회는 없으셨는지 모르
겠습니다
　─후회라 예전 해안가 마을 허구한 날 바다에 나가

쓸려 오는 미역이라도 건져오는 아흔의 노인이 생각나
네 모두가 만류해도 여기만큼 나를 반기는 곳은 없다고
했지 걷다 넘어지면 파도에 휩쓸려 가면 그만이라고 바
닥은 부드럽다고

하늘소인 당신만의 자전적 요소가 마무리에 많이 반
영되었나요
—태안에는 수시로 바람이 왔고 한밤중 잠에서 깨어
왼쪽 나무에서 오른쪽 소나무로 가는 게 다였어

공기 채 깊고 짙음 속에 빠진 요즘
생각보다 환하고 적당히 활기차 눈감고도 보이는 이
걸 알까

여기의 최근이 그의 최근은 아니었지만 장편을 마감
한 누구보다 선명한 얼굴이었다 나는 자꾸 베란다를 흘
긋거리다 오타가 나고 다잡아 그에게 집중하는데 갑자
기 왼쪽 어깨가 찢어지듯 아팠다 뭔가 비벼 대는 소리

현기증이 덮쳐 왔다
　유리 곤충통
　모든 것이 완벽했던 한낮의 베란다
　하늘소 대신 가두어 둔 기억이 북향으로 길게 탈출하
고 새로 깔아 놓은 대리석에 앉는다
　그는 저만치 무늬처럼 웃으며 스며든다

2부
슈크림 붕어빵은
강물에 놓아주기로 해요

Money tree

구부정한 해 뒤로 선생님이 들어오셨다
건반에서 키운 검버섯으로 금전수를 안고서
고등어구이에 잔만 털던 동창들 구석마다 일어서는
데 키가 미치지 못한다
신장개업 가게는 그래서 문이 낮고
기억보다 오늘이 중요한
오래된 제자는 화덕 주인답게 붉은 얼굴을 얼른 철판
에 올렸다

비듬을 빗어 넘긴 선생님은 세 번쯤 눈을 껌뻑이다
묻는다
그 손을 쓰네?
넘기긴 왼손이 편해서요
두꺼운 악보가 원산지 다른 생선 사이로 엇갈리며 펼
쳐 있고 박자는 소금을 놓친다
낮은음자리에서 헛갈리는 건 교실이나 마찬가지네
요 한없이 뒤집다 보면
내장은 연주할 수 있을까요

알다가도 모르는 게 다른 손의 일이잖니
통증이 비집고 들어오는 게 싫어 빽빽한 음표를 그렸
던 한때
부러지는 소리가 실금 사이로 퍼지던 마룻바닥
조는 제자를 그냥 봐 넘기는 적이 없더니
금전수 넝쿨 사이로 돈 세다 잠들라는 이파리 밀어
넣고

창밖에는 앞사람 등만 보고 가는 이들이 길을 메운다
지구가 넘어가며 무른 눈가도 데리고 가면
메트로놈은 이제 눈동자가 하얗게 익을 때만 작동한다
아무리 기다려도 살 오르는 날이 없어 동창회는 미
루어지고
상가 화장실은 막혔다
환풍구 앞에 쭈그려 가시를 발라내야 한다

심장을 먹다가

빈혈에는 싱싱한 심장이 좋다고
핏물 젖은 막을 벗겨 피를 빼야 피에 좋다고

당신이 두 손에 받쳐 온
두근대는 그것을 젓가락으로 찔러 보다가
불현듯, 아직 살아 꿈틀대는
야생을 만났다 몸 안의 작은 집에 갇혀
탈출하지 못한 울음이 더듬거린다

한때 초원을 달리던 다리를 가둔 건
늑대 울음이나 독수리 발톱, 바람의 현기증이 아닌
젖내 곁에서 떨어질 줄 모르던 어린 방심
몸 안에서도 밖에서도 의지 없는 선택
가진 것 다 잃고서야 훈장 같은 만성 빈혈을 얻었다

펄떡이는 당신의 안부에
어지러운 근성이 피를 탈출해 아래로 흘러내렸다
젖은 손길에 붙잡혀 배꼽의 깊이도 모른 채

어둠을 순례하였다 빈혈보다 찬란한 마취에
미처 울음이 되지 못한
집 한 채를 허물어 손금에 가두고

다 쏟아 내도 쏟아지지 않는 슬픔이 있었다
내 것이 없을 때 그건 내 자리가 아니었듯
가슴 가운데가 까맣게 타들어 가고 있었다
당신은 집게로 숯불 위에 염통을 집어 들어
잘게 잘게 잘랐다

빈혈에는 피가 좋다는 당신은 말을 삼키고
피가 빠져나간 나는 숨을 먹지 못하고

멸치볶음

서로를 향해
떼로 몰려갈 때는 앞이 안 보여도
달리는 이유 분명하다 굳을지언정
순간 문을 닫을지언정 전진
또 낮은 포복

적 아닌 적으로 의도된, 속셈은
없는 게 분명해도
판은 뒤집히고 아군은 언제나 미미하지만
그나마 붙어 있어야 살아남을
확률 높아지는

기름 총알 빗발치는 전장에서도
뛰어야만 사는 작디작은 것들
불러 주지 않아도 숨소리
기억해야 하는

그물에서 바싹 말라 버릴 운명을

뜨거운 물에 데치고 볶다가
가여울 것도 귀여울 것도 없는 이 많은
삶 너머의

나를 불러 주는 소리조차 없음에 눈을 감고

사람들 기름지게 넘실 울렁대는 골목에서도
홀로 뻣뻣하게 굳어 가는
뼈가 있어도 대가리와 꼬리밖에 안 보이는
피아도 구분되지 않는
앞도 보지 않고 보이지도 않고

서로 우르르 겹쳐 온몸이 굳어 갈 때

고딕식 유리 천장

언덕 위 카페의 세모꼴 하늘
사람들의 시선은 참새 한 마리에 닿아 있었다

길 아닌 허공에 갇혀
페인트 창의 노란 붓질을 들추고 있는 사이에
말은 사라지고 손짓만 남았다

입사 동기는 최초 여자 이사가 되었다며 만나자고 했다
자개 명패는 잎이 돋아나 있었고

투명한 천장에 갇힌 날개가
꼭짓점을 맴돌다가
작은 깃털을 날려 보냈다

절박이란 이런 것일까
한 번도 훔쳐 본 적 없는데 중세의 천장이 뾰족했다

창가 자리는 안락했고

간히지도 풀리지도 않은 자동문 틈으로 반짝이는 깃
이 들어 왔다
정각을 닮은 배지였다

더 위에 새가 살더라
잘 맞는 재킷 때문에 키가 흐려졌다고 했다 무슨 뜻
인지 알 수 없었지만 응답처럼 버터가 녹아내렸다

참새는 또 왜 참새일까

참을 수 없는 변명보다 선명하게 쿨링 타워가 작동한
다면
하얀 수증기를 엮어 축하 리본을 만들어 주리라

유리가 보일 만큼
조각을 밟을 만큼
밖의 전망이 좋아도 우리의 대화는 종종 간혔다

출구는 위에 존재하지 않고
내일은 노크 없이 날아오를 수 있는지

천장만 고집하는 사이
손가락이 사라졌다

써브웨이

같은 공간을 공유한 우리는
나무 계단을 밟고 내려가 냄새 속으로 들어간다

흡연실에 훈제된 초록은 안쪽으로
펌프스 동동거리는 노랑은 위쪽 탈의실로
아무것도 모르는 나비넥타이 점장은 골고루 소스를
처발라
토닥토닥 숨을 막는다

모공마다 꽉 찬 주눅이 냄새와 삐져나오는 순간
야자수의 늘어짐 한 장 접어 넣고
한가하거나 냉담한 주방에선
호밀빵 참깨마다 잡무를 붙여 넣고 화음의
초인종을 울려 쟁반을 안겨 준다
여기선 신선함이 생명이다

유통 기한 없는 말을 오래 섞지 않아도
혼합된 맛과 냄새로 서로 눈치를 채고

이국의 돼지고기와 열대 과일 조각으로
손을 흔들어 거리를 재면 뻔한 선택 사이의 충동과
적당량 케첩의 자유와 후춧가루의 환절기

주변은 늘 생소한 냉기를 흘려보내고
둥근 철로에 심란한 샐러드를 비벼 넣으면
초록빛 욕망과 노랑의 엇갈린 시선으로
목적지 없는 칸칸이 순서대로 줄을 서고
시간 외 시간이 투명한 퇴근길

여기, 야근 더블 세트 추가요
우리는 냄새 속으로 걸어 들어가 서로 훈연된다

깍둑썰기

날마다 먹는 아침이 씹혔다
딱딱한 게 갑자기 버석거렸다 익은 감자, 훈제 달걀,
사과
어디에도 없는 녹지 않는 것

꿈속에서 꿈을 이어 가는 날처럼
밖으로 나오고 싶지 않아
오돌돌 앉아 있었다

입속에서 늙은 엄마나 입원한 삼촌이 나올까 봐

우물거리다 잠깐 멈췄다
뱉어낸 건 자판이었다
노트북에서 흔들거리던 ㅔ,ㅔ

누구도 거들떠보지도 않던
예와 에가 번갈아 짖어 대다
튀어나온 시간

소리 없는 아침 샐러드에
버무렸다
눈에 띄는 건 어울리지 않았다

결대로 먹기

식빵에도 눈이 있을 텐데
빈 얼굴만 남았어요

눈은 어디에다 흘린 걸까요

얼굴에서 떨어져
무엇을 보고 있을까요

같은 시간에 태어나
울며 만났지만
떨어지고 싶어 애쓰는 나와
잃을까 무서워하는 내가 서로 참아 내는

흘린 눈을 찾으면
밤새 부풀던 불면이 사라질까요

시간은 가루와 반죽 사이로 부풀어 오르고
어제의 부족함에도

삼켜야 하는 오늘이 쟁반에 나란하고

누구도 탓하지 못하는 황사 열기에
몸의 색깔을 바꿔
두세 개의 무덤을 만들고

때 지난 회오리만 무늬로 기억합니다

보아도 알아볼 수 없는
결대로 얼굴을 찢다가

나, 아직 여기 있나요?

잘못 그린 눈썹처럼 휘어진,
사소한 오해와 갈등의 시선이 궁금해요

반쯤 열어 놓은 유리창에서
어떤 비명은 바짝 마르고

가둬 놓은 비닐은 외출을 준비합니다

손끝에서 남은 불안을 잘 여미자
더 이상 보이지 않는 얼굴에 안도합니다

다코야키식 근황

2월이 지나기 전에
무덤을 먹으러 오라 했다

교회 앞에 자리 잡은 너는
말초 신경마다 규칙적으로 냄새를 굴렸다 멈출 수 없
는 속도로
한 칸 한 칸
빠지지 않고 움직임을 채워 넣었다

조각들은 넘치면서
가끔 번지르르한 얼굴을 만들다가 만만하게 꺼졌다

너울거리다 사그라드는 가쓰오부시는
걷어 내고 싶지만
믿음처럼 엉겨 붙어

거리의 날개가 까옥 몰려들었다
오면 올수록 도무지 썩지 않는 무늬 너는 교회에 다

니지 않는다고 했다

다발로 묶여 있던 위로는 조용히 버려졌다 얼룩덜룩한
두통을 묻힌 채 너는
아홉 시간을 서서 묘지를 지키고 있었다

낯선 이들은 반죽에 속마음은 들어가 있냐고 물었다
아이를 안고 더 말라 가면 음 소거가 되겠지
기다린다고 했다

잇몸이 간지러운 아이에게 주는
빨판 많은 다리 하나

트럭이 묵묵히 있으면
작은 마름모의 방향이 생겨났다

잊으면 된다 이런 비명은 어디든 있다
혼자가 널린 세상에 남처럼 말하기로 했다고

문어는 셀 수도 없는 주검을 부화시키고 고개를 저으
며 원을 만들었다

불이 필요해
자기 키보다 커진 물집 하나 고이다 굴리다 흘리고 눈
은 마주치지 말아야지 지나고서야 보는
너는 요즘 머리가 빠진다고 했다

흐트러뜨린 눈물을 가운데로 부른다
어떻게든 오목은 쌓아 올려야 한다

너의 바퀴는 항상 첨탑 앞에 멈춰 있다

뷔페 빈자리에 관한 의문

매니저가 호출 벨을 누르자 서빙 로봇이 미끄러져 왔
어요
눈치보다 빨리 움직이긴 해도 질문엔 조금도 관심이
없어요 그래도 우린 둥그런 어깨의 뒤를 따라가야 하죠

좁은 시야에 온갖 냄새가 갇혀 있어요 가염 버터 옆
에는 어제를 위한 수프가 맑고
뜨거운 무쇠가 웃길래
다소곳한 바닐라를 한 컵 부어 주었어요

체크무늬가 풀썩거리며 콧방귀를 뀌고
시럽을 챙기는 손목 너머
제때 오지 않았다며 머리를 탁탁 맞는 눈과 마주쳤어요

날마다 제시간에 뛰어가도 빈자리밖에 가져오지 못
하는데
오랜 섭취를 각오하며 머리를 질끈 묶습니다 외투라
도 벗어 놓으면 이걸로도

내 자리가 되겠죠

로봇은 불확실한 변명 대신 웃는 눈이 단단합니다
동안은 맞지만 보는 눈이
　제법입니다 말 많던 알바는 다 어디로 갔을까요

　시리얼 사이로 발자국을 여럿 남기고 까지도 못하는
치즈를 뭉개는 사이
　땡
　가운 앞으로 갔습니다 아프지 않게 태운 등 한 조각
받으러
　소스는 가짜의 연기를 알려 주려 자꾸 옆구리를 찌
르고

　눈이 매워야 다음 팬이 궁금해지는데 사람의 빈자리
에는 앉지 않는 로봇이 앞서가고

　성게알은 누가 훔쳐 갔나요

용의 선상에 오를까 빈 그릇만 띄엄띄엄 관찰합니다

눈에 익은 걸 먹기엔 집밥이 적당하지만 옆 사람의
기쁨은 쉬워 보였어요
　우리는 빠른 손짓으로 몸집을 늘리고
　젓가락으로 그리는 건 똑같은 게 하나도 없군요

이제 와 얘기지만
뱃속을 두고 마음껏, 이라뇨
마음의 솥을 걸어 본 적 없는 조리대는 어쩐지 믿음
이 안 갑니다만

아가미 나란히 펼친 핑크 카드
하나를 골라야겠지만 범인은 아직 잡히지 않았어요

앞자리는 늘 빼앗깁니다

일상을 벗어나 새로운 걸 찾아왔지만

장치는 도착점이 정해져 있고
바다는 못 가도 나는 접시를 설득하며 좀 앉기로 했
어요

시간은 격자무늬 안에서 만들어지지 않고
기발한 바람은 불지 않아요

로봇은 왜
종점이 보이는 자리를 추천했을까요

망상 식당

봄바람에 파도가 꾸덕해지고 있었다 간판 한쪽이 내
려앉은 식당에 들어갔다 돼지 김치찌개 전문
　물은 셀프였고 생쥐가 빨리 숨었다 정수기 옆 꼬리가
길었지만 보여도 없다고 여기는 게 분명했다

　가리지 않고는 잠들 수 없는 당신이 생각났다 불면의
날 두꺼운 안대를 선물했지만 꿈이 무거워진다며 거절
했던
　옆은 보지 못하고 안에서만 맘껏 굴리는 검은 것이
자주 비쳤다 감았다 떠 보아도 잔상은 여전했다

　안대는 서랍에 얼굴을 처박고 있었다 바라는 것에 눈
돌리지 못한 사이
　엎드린 불만에 불안했다
　당신을 덮으면 여기가 소중해질 거라는 생각은 다른
셈법이 되었다 누구 탓도 아니었다 미안하진 않았고 또
보지 않는 게 다시 생각하지 않는 것보다 쉬웠다

달라지는 게 없을 때, 침잠하던 것이 올라왔다
가지마다 눈을 달자 뱃속 말을 꾸역꾸역 뱉었다 소리
가 커졌지만 놀라지 않았다 좋아하는 것들도 쓸모가 없
어지고 있었다

나무 식탁에도 옹이가 웅크려 수저가 앞에 놓여도 모
르는 척 한쪽 입꼬리만 올렸다 핑계라면 날씨 탓이었다

망과 상이 반쯤 겹친 유리문이 열리자 쥐는 뛰었다
모든 거절은 밖으로 도망가 숨을 곳은 좁아졌다 다시
미로에 들어서는

그의 몫까지 망상을 계산해야겠다
미래는 자주 망상에 빚진 채 문을 나선다

파도는 얕아져 뛰어들기 적당했다 주인은 냉이를 데
쳤다며 시키지 않은 반찬을 내왔다

갓 나온 여리고 긴 꼬리는 파랗게 떨었고 양은 냄비
가 목살을 안고 힘겹게 부풀어 오르고 있다

홍합탕

사촌이 자물쇠를 따며 우리 공장이라 했다

빛나는 걸 고정했던 문은 닫아도 거미줄 같고

사촌이 침묵하자
푸석푸석 먼지만 날렸다

창고로 변한 공장 구석에
목 꺾인 수저가 반대의 얼굴을 비치고 있었다

오가는 사람 없어도 수북이 쌓아 놓고는
까고 비우며 먹어 댄 밀물의 흔적들

홍합은 식후의 소용으로
패각 보석함 가득 달그락거리던 곳

껍데기의 무덤이 울퉁불퉁해지자
큰아버지는 유년을 한가득 싸 들고 왔었다

전복 아닌 홍합이어도
우리는 앙상한 다리로 구슬치기를 했고

구슬이 깨지는 순간
홍합살을 후비는 손에 잡히는 모든 것이 사라졌다

사촌이 문을 닫자
잴 수 없는 계절이 가볍게 날아올랐고

우리는 구슬을 어디에 가두어야 할지
걱정이었다

포장마차에선 홍합탕이 끓고
수저통 가득 다른 얼굴을 쏟아 놓았다

진담

믿으실지 모르겠지만
2층 화장실 손잡이 위엔 화석이 있어요
고생대 슈크림이
그대로 말라붙었어요

리버 뷰의 카페를 유적지로 바꾸는 재주가 있네요

이만하면 눈길을 외면한 손길도
조예가 깊어요 가늠할 날은 많지 않아도 손대면 안
된다는 것쯤 숙지했다는 거
아니겠어요
뼈가 남았다고 생각하지만
그건 돌입니다
피를 고르지는 마세요
굳은 품을 아슬아슬하게 파고듭니다

나란히 누웠다고 합장이라뇨
허깨비와 반쯤 나누며 사는 시간도 무거웠어요

오늘은
헤어지러 나왔다는 말
인류가 두 발로 걸으며 생긴 변화 같아요

버려진 마음은 살살 흙을 털어야 합니다 당신의 위에
서는 에티오피아 원두로
마르고 갈던 많은 지문이

속삭이던 목소리가 출렁이지만
확인되지 않은 논의는 발굴이 필요하고
땅 밑 증거를 인정하지 않으려면 서둘러 덮을지도 몰
라요

새끼손가락은 물든 채로
닫기로 해요
얼룩 선을 매달아 건 마을은 테두리부터 부스러질 거
예요

커피를 단번에 마셨더니
농담처럼 속이 번지네요

슈크림 붕어빵은 강물에 놓아주기로 해요

서른 넘어, 아이스크림

한 번 떨어지면
달콤해지는 거짓말
둥글게 뭉쳐 있을 때는
너뿐이야
길어진 방울에도 붙어 있다 믿었지만
오늘은 네가 녹았다
고깔 아래서 이유 모르고 흘러
찌그러진 턱으로 끄덕여 줬다
물러 버린 피딱지 체리로 휩쓸려
움직이던 태풍이 질퍽해진다
시려서 머리 아팠던 사랑
공항 어딘가
너는 원주민이 되고 싶어 비행기를 기다릴까
시간표는 빠르게 바뀌며
몰락하거나 연착하고
볼 수 없는 뒷모습에만 드라이아이스가 놓인다

둥그런 통이 가짓수를 늘리는 동안

날마다 서서 단단한 곳을 파기로 했다
스쿱으로 $300ml$ 비둘기를 뜨고
사암 아래 하얀 치즈를 찾으면
늦은 마음이
민트 초코 회오리를 그리는 어둠
가끔은 진저리를 치고
꺼지지 않는 영하의 불꽃
그렇게 질긴 것들이 지나가다
다음 주엔 외계인이 들어올 예정이다
쉬잇
바닐라 색 검지를 입술에 대고
그 앞에 마주 서는
말이 없으면 솔직해진다는 믿음
서둘러 혀부터 내미는 연습을 해야 한다

3부

애야 나는 갈수록
가짜가 되어 가는구나

미래 완료

식사가 끝날 즈음
봉투 안에 준비한 낮달을 건네려 했다

자꾸 이러면 또 볼 수 없다 남은 갈비탕엔
국물만 그득하고

후회하기 싫을 거예요

오래전에 죽은 블랙 밍크를 삼십 년째 기르는 솜씨는
여전했지만 한 번에
발 하나씩 덜컹대면
방수 팬티를 한없이 치키는 당신을
거울 앞에서 기다리고

립스틱을 돌리니 꽃대는 부러져 숨어 있다 지속력을
따졌는데
좀 전의 쿵 소리가 이것이었나
새끼손가락으로도 만져지지 않고

애써 바른 홍조가 땀 흘리며 경사로에 섰지만

무작정 업어 주던 등은 밀어낼 만큼 휘어 있고
여덟 정거장 오기가 다른 언어만큼 낯선

실금마다 깨질 화살표가 점점이 즐비하고

애야 나는 갈수록 가짜가 되어 가는구나

찾지 않는 주민증에는 누군가 비좁게 웃고
검버섯보다 짙은 건 낮달을 파는 기념품 매장에 있
다고

겹겹이 접힌 자리는
할 만큼 한 얼룩처럼

　　　　　　　누구도 궁금해하지 않는다
　　　　　　　비결은 뚜껑에만 가르쳐 주세요

한나절만 지나도
짭짜름한 먼지가 쌓여요

쓰지 않게 되는 일은 소식으로도 배가 부르고
피해 가며 애쓰다 다시 노란 흔적 흥건하고
무엇을 얻기 위해 자주 걸음을 멈추는 건지

당신이 골라 디디는 블록은 게으르게 기지개를 켜는데
블랙 밍크는 언제 눈을 뜰까요

오후는 낮달에 걸려 넘어졌고
입술은 묽게 흘러내리며 달싹이고

해피 데이

익숙한 동네 케른*은 구석에서 싹을 틔운다

찬밥 두 술에 고등어 한 조각
다시 돌아올 수 없는 이정표 대신 누군가의
돌멩이 대신에

불 꺼진 생크림 케이크
여든 몇 개의 크레바스

허리띠를 허공에 매 놓은 당신
낭떠러지에 사다리를 놓아 국숫발을 넣고 싶은데
후루룩 먹기만 하다가

왜 여태 산다니
빼기가 안 되는 셈
쌍떡잎은 붉게 돌아서고

좋은 날 왜 이래

쓸데없이 제 아비 닮아서

덩달아 개가 울고 서둘지 말라며 더듬더듬
더는 앞도 뒤도 없이
면발 같은 예정 하나 깊숙이 촛불을 켜고

알람 없이도 순서를 안다고 내가 다 안다고

바람도 없는데 구석이 흔들린다

*등산자가 기념이나 이정표로 쌓은 표식·석총 등.

백작

해가 기울기도 전에 찾아오는 팻말
"기운 소진"

재료는 시들고 의자가 흡수되면
구원자의 비밀스러운 걸음

아닌 척 망토 깃을 세우고
갓 바른 마취 향수
번진다 빨대처럼 스며든다

딸랑딸랑 종이 울려 닫힌 문이 열린다

안주 하나면 충분한데

잠깐 기다리세요
가는 눈썹이 돌아본다

아 그냥 갈게요 괜한 부탁으로

아녜요 그 정도는

받으면 받을수록 밖이 안 보이는 창문
옆집은 한 달째 닫혀 있고

초승달은 어제보다 앎아져
가만히 문틀에 끼여 노래한다

기회가 없다는 걸 알잖아

튜브의 소스 몇 방울로
피 안 통하는 뭑이 가벼워지는지

흔들지 않아야 오차가 적다
원인도 결과도 아니지만 한결같은 과정만이

백작은
기름과 땀이 번들대는 목덜미를 훔쳐보고

안주는 너의 것인가
나인가

알코올로 송곳니를 소독하고
짧게 두 번
흡입한다

미안한 동전은 사라지고
손 닿을 일 없는 계산법

녹색과 붉은빛의 거리
균일한 줄무늬로 피어난다

피는 정직하고
우리는 엉긴다

우아한 알바

어제 눈을 뺐고
아침이면 새 눈이 자라 있어요
한 번 쓴 눈은 다시 쓰지 않는 게 철칙입니다
잡일과 서빙이 울퉁불퉁해도
바지는 상냥하게 날을 세우고
흰 손 닮은 블라우스는 나풀거려요

늦은 밤, 사지 않은 아쿠아슈즈 때문에 소낙비에
갇혀
후다닥 들어온 하이힐은 메뉴가 중요하지 않아요
물이 뚝뚝 떨어지는 슈트를 벗고는
권하지 않는 테이블에서 까닥 손가락만 움직여요
차곡 쌓인 진동 벨이 무색하네요

모서리에서 길게 우는 건 진동 벨의 장점이지만
왜 자꾸 기도하는 척하며 어깨를 들썩이는 거죠?
울면 눈이 나빠지는데
휘핑은 오차 없이 두 바퀴 반 꼭짓점을 찍어야 하거든요

소나기가 카페 문 닫을 시간을 결정하고
한밤에 함부로 내리는 폭언처럼
우산을 써도 어깨가 잔소리에 젖어 들어요

오늘도 무사히 불행이 지나갔네요
지탱한다는 건 중요했고 끝까지 가서 문을 닫아야 했
어요
괜찮아요 고객님
집에 가면 비의 발자국이 선명할 거예요
원룸 벽을 장식한 에어컨을 틀고 시원하게 눈물을 말
려요
낮은 천장 모서리에서 작은 회전문이 돌아가고

손가락으로 오늘을 빼
휴지통에 드립니다
잠잘 시간이 아까 지났네요
내일, 아니 오늘은 미리 젖은 블라우스를 입고 잠들
거예요

개의 방문

병원 문이 열리자 캐리어가 들어왔다
폭염을 늘어뜨린 개 한 마리도 목줄 따라왔다

혀에 물려 있던 햇빛은 한발 뒤로 순서를 늦추고

짐을 실으러 왔어요
번호표를 뽑으세요 털 많은 건 출입 금지입니다
보다시피 안내견인데요

이리저리 구멍이 생긴 아버지는 링거 대를 기둥 삼아
바람을 쐬었다

시원하다 이게 얼마 만이냐

그런 말 좀 하지 마세요 풍요로운 건 통증밖에 없잖
아요

흐려지는 게 다행이지

언제부턴가 현관에 벌레들이 기거해도 아버지는 보
지 못했고
꼼짝 못 하는 걸 치우는 게
점점 속도가 붙었다

움직이기 위해 산다는 생각은 버리기로 했을 때
이유 없이 맞이하는 일들만 늘어났다
개는 늘 죽음과 정적 사이에 앉아 가닥을 핥고 있
었다

미안합니다, 올라가야 해서요
손등에 목줄을 바짝 감아도 사람들은 다리를 치고
환자와 의료진 외 출입을 삼가세요

지정된 1인만
안내견은 0이 되어 환자의 권리를 번호대로 가르
치고

신관 904호, 엘리베이터는 차례를 기다려도 오지
않고
안내를 잃어버린 안내견의 양보도 오지 않으면

진즉 정리해 놓은 말간 아버지가 침상 머리맡
화병에 꽂혀 있다

남광주시장

그의 마흔은 속도를 늦춘 피에 급정거했습니다

영문 모른 채 딸려 온 어린 잠은
대기실 유리 덫에 걸려 쏟아지고

깊은 잠은 깨어날 줄 몰라도
얕은 잠은 응급 센터 앞 시장에 눈길이 걸립니다

물크러진 눈으로 검불 사이 손을 잡으면
눈앞에 시장이 문을 열어 주고

골목에선 멈춘 것과 숨 쉬는 것이 어울려 색을 맞추
고 있습니다
  웃는 돼지머리는 잘린 고통 위에 자리를 잡았지만

파리채는 언제나 비릿한 머리털을 찾으며
국경을 넘거나 철 이른 과일들은
무덤처럼 진열되어 있는데 어느 것 하나 굴러떨어지

지 않는 게 신기합니다

　죽어서 돈이 되는
　다른 시장이 마주 보고 있습니다

　작은 전등보다 어두워진 밖은 서쪽으로 붉고
　좌판 갈치처럼 줄줄이 늘어진 선택은
　이제 조급해지지만

　수저 가지런히 놓인 식탁은 수술대처럼 반듯해서
　미혹되지 않아야 하는데

　수시로 울리는 사이렌 소리에도
　마음은 굴러떨어집니다

　아이가 맛있게 국밥을 먹습니다
　건너편 국밥 한 그릇
　차갑게 식어 가는데

유효 기간

부부형 20년 완납했다는 상조 회사 메시지

남은 한 개 빨리 쓰라는 거냐

화분에 물을 주던 어머니 창문 열어 서운한 빛 들이고

배롱나무 잎이 될지 묘지기 발자국이 될지 바쁜 아
버지

나비 한 마리 날아들자 들어오시게?

식탁까지 따라오는 희디흰 빛 닫힌 세상 비집고

제 그림자 비친 잔소리 제풀에 식고 맺힌 것 없이 풀
어진

하마터면 좋은 사이처럼 허공의 나비 따라갈 뻔

싹둑, 가위질

암이 재발했다는 전화에
택배 봉투 속 셔츠까지 자르고 말았다

포장 테이프보다 끈끈해 본 적 없는 숨을
잘린 구멍 속으로 밀어 넣는다

황망한 고개를 두리번대다가
잘린 조각처럼 울고 있는 아이를 그네에 태운다

매년 검진에 쪼그라든 너처럼
그네를 매단 문은 제대로 닫을 수가 없었다

잠깐 사라지다가
빠른 속도로 떨어지는 작은 엉덩이를 꽉 묶는다

안전벨트는 휘청거리고 말은 많아진다

아무것도 안 하고

조금만 더 낡아 가면 안 될까 어깨로 누른 폰이 뜨거
워지고

아직도 옆에는 가위가 있다
열기를 끊는다 죽을 것만 같은데 죽지 않을 거라고
싹둑

겉도는 한숨 사이
잘린 셔츠에 팔을 끼운다

구멍투성이 인증 숏 하나 보내고 싶은데
방금 둔 폰이 안 보인다

아이가 한쪽에서 발 구름을 한다

낡은 발레리나

기우뚱 기울어진 기차를 타고도
연착 없이 한 번에 도착했다

어서 와
사진 찍기 좋은 날이지
장면마다 두 팔을 올려 섬기다가
수시로 찍은 사진에 다른 글씨를 만들다가

바퀴 대신 바퀴로 가녀린 등을 감았던
긴치마 속 길이가 다른 두 다리

괜찮아 아기 때부터 이래서
소녀가 되어서도 보폭이 다른 원을 지나치기 바빴고

기적도 기척도 없이 레일이 움직이고
길고 곧은 머리로 기둥에 기대 천사를 부르고
죄를 짓지 않아도 벗어날 수 없는

바람이 분다고 잎마다 흔들리는 건 아닌데
유난히 몸을 떠는 건
물결 따라 떠나고 싶었을 뿐인데

붙잡힌 얘기로 불러 대면
너는 자주 숨이 찼고

한 번 제대로 본 적 없는 뒷모습을 찍는데
셔터 소리에 갇힌 네가
마른 다리 하나로 우아하게 턴을 하고 있었다

바람 앞에서 주저하다 왈칵 석양을 쏟을 뻔
넌 오르골의 발레리나였구나

고백은 발아래서 선명해진다

유비쿼터스

아버지는 코알라가 되어
매달려 있다
오래된 손톱은 두 개 빠졌고 모가지는 심심하게 휘어
져 있다

장식장에서 실눈으로 망을 보다
아무도 없을 때만 집안을 돌아다닌다
들키지 않으려는 속셈이지만

마루에 비듬이 떨어져 있고
면도기도 슬쩍 쓰는 것 같았다
꺼끌거리던 턱이 매끈해진 날은 유난히 눈을 내리깔았고

식성은 변하지 않아
냉장고에선 장조림이 작아지고 꼬리 잘린 조기가 퍼
덕거렸다

기일의 기도는 머쓱해졌고

고기는 더 사야 했다
그때부터였다 인터넷이 자꾸 끊기는 게

기사가 오고 지하실에서 랜선을 연결할 때
코알라는 내 어깨에 붙어
전기선과 배관 사이에서 몸을 늘려 쳐다보더니
자취를 감췄다

어쩌다
인터넷 사이로 먼지 범벅 등만 보여 줬다
스마트폰에 달고 다니겠다고 제안했지만
뒤돌아 입만 쭉 내밀었다

털 부숭한 손가락들은 피아노 치듯 나불거렸고
화면이 유난히 지직거리면 흑백 채널이 툭툭

이제 아버지는
당신이 오고 싶은 날에만 온다

메조소프라노

푸른 입술이 돋아난다

높은 기침으로 숨이 막히면
비밀은 목구멍에서 솟구치고

나는 포개져
다르게 숨을 쉰다

누워선 닿지 않는 스위치
아무도
빛을 주지 않는 순간이 있다

땅속으로 집을 파자
상추에선 흙이 나오지 않았다

온 곳을 몰라도 사는 건 문제 없었다는 얘기였다

음계가 높아질수록 작은 점은 무성해지고

항의하지 않는다

비명이 없으면
그렇게 푹 심어져

누군가
수경 재배기에 반음짜리
비료를 뿌린다

이명

날마다 연주하는
삐죽한 방으로 들어갔어요

어쩌다 만났지만
제 발로 들어온 것만 듣고 싶어요

고개 흔든다고 떠나지 않아요
끄덕인다고 다정하지도 않지만요

하루를 바꿔도 같은 데시벨
떨어지지 않으려 꽉 붙잡은 놀이 기구
날마다 빙글빙글 잘도 돌아가네요

가만히 자리를 권하면 그늘이 깊어요
묻지 않아도 알 것 같은
알려고 안 해도 근사한 관계

미운 것도 가여워지는 손이 나이를 내밀어요

어떻게 아는지 당신은
자꾸 모서리를 파고듭니다

당신의 세상을 지워 버린 채
내 안에 들어와 소리만 파먹고 있어요

광산이 막히면 제 발로 걸어 나갈까요
먹먹한 당신은

양양 갯강구의 여름밤

앰프 사이로 맥주가 뛰어다닌다
흘러넘치는 파마머리를 하고서
짙은 입가를 피해 갯강구는 뒤꿈치를 들고 열을 맞
춘다
너무 웃겨
내가 그렇게 친절하다며 명함을
이 사람 CEO야
종이는 거짓말을 안 하니
폭죽은 가격만큼 비명을 지르고
(아름다운 건 다음 일이다)
어떡하든 자신을 알린다
그래서 그것은 구분하자면 진실한 편이다
뒷모습까지 완벽해
도돌이표 목젖은 맑게 울리다
우르르 파도를 타고
리듬 타는 더듬이 늘어가는데
벼락은 자꾸 위로 솟구친다
기다려야 할까

마른 땅에 조개껍데기 흩어지면

재와 모래 사이에도

유통 기한이 다 된 회색 잠이 부글대고

(솔직한 건 어떻게 걸을까)

그러니까 벼락의 감옥에 갇혀

금 가고 있는 궁금해하지 않는 새벽이

(이해하든지 말든지)

감기다 푸는 많은 다리 사이로

익숙한 냄새 섞이지 않아도

무리로 바위에 기대

틈 사이에서 또 흔히 줄지어

병뚜껑 뒤집어쓴 갯강구

순한 눈 없이는

누구도 바다에 뛰어들지 않는다

4부

적나라해지거나
깡그리 뭉개 버리거나

Kiss and Ride

달리면 밤마다 다른 냄새가 나

오래전 길에 심은 사람은 기다림이 싹 터야 하는데
또 놓쳐

그늘을 잃고 그늘이 세워 둔 바이크를 탄다 언니는

믿어져?
코너를 돌면 시간 밖으로 들어간다니까

언니에겐 가죽점퍼가 어울리지 않는데
바퀴 아래로만 물이 흘렀다 순한 이름 대신 이니셜만
새겨 넣은 장갑이
출렁거린다

눈 마주치면 웃어 줘
처음 본 아침처럼

그렇다고 햇빛에 물을 주지는 말고

PTSD

턱까지 숨이 찹니다
집에 불을 켜야 해요 엄마가 오거든요
초승달이 뜨는 밤에만

가지고 싶지만
한 달이 다 내 것은 아니래요

엄마는 참 겁도 없어요 손톱 같은 달에서 뛰어내리는
데 대롱대롱
재주를 부리고
나는 베개와 이불을 높게 쌓았어요

그래서 얼른 안방 문을 엽니다

벌써 천장에 매달려 빙글빙글 도는 엄마

어떻게 얘기를 할까요

바닥에 쿵 떨어지며
깔깔거리다 반으로 접혀요
상자는 빈손이지만 뭐 하나 받지 못한 엄마한테서 녹
다가
언제나처럼 웃는 눈을 그려 줍니다

기쁨을 복제하는 것은 어디까지인가요

등 뒤로 손잡이 잡히지?
두 바퀴만 조이기로 해요

부서지는 것들
손뼉은 치는 척만 하고

하얘진 엄마는
벌써 달빛으로 들어가는데
처음 보는 입이 더 말이 많아요

엄마가 가고 나면
천장은 밤마다 나를 돌려요

샴

락스가 1+1이다
단단히 맞댄 둘을 잡았다

기대려는 자와 버티려는 자는 조이고 있다

참외 하나를 깎아도
칼날은 내게 향하는데

멀리서 그녀는 몸통 한 조각 들고

염색체의 꼬인 밧줄
비비다 거칠어진 두 손 앞에선

주는 건 꿀꺽 삼켜야 한다

모가지를 끊어야 냄새 짙은 시간을 부빌 수 있다는

칼이 지나간 사이
예리하게 참외 향이 트인다

산의 기침

장지 앞에 트럭 한 대
형광 조끼 걸친 마네킹 전방에 세우고
길가 하수구 퍼내고 있었다
허공을 흔들던 가을이 목숨처럼 끌려 나왔다
겨울과 봄을 어둑하게 난 것이거나
비바람의 장난을 온몸으로 받아들인 것이었다
그는
오래전부터 공사 중이었다
연신 가래를 뽑아도 손잡이는
모두 끈끈했다 혼자서 몸을 밀어내기엔
벅찼고 붉은 신호등이 앞을 제어해도
휠체어는 비탈을 피해 갈 수 없었다
막히면 차량의 호흡이 거칠어지고
옆으로 낙엽과 종이가 쓸려 들어갔다
가래에 딸려 나온 마지막 경적 잦아들자
그의 모터에서 생산하던 끈적한 것이
비로소 멈추었다
얼결에 따라온 휠체어 곁에서

상주가 햇빛에 놀란 흙을 위에 뿌렸다
꼭 접혀 흐르지 않던 여든넷이
좁고 어두운 곳에서 새로운 길을 잠재웠다
유채의 단풍을 그러모아 작별을 하고
새로 생겨난 사각
흙이 제자리에 돌아가도
마네킹의 손짓은 변함없었다
미처 놓아 버리지 않은 것
산의 기침 소리 터널이 껄껄 울렸다

세고비아

세고비아에 진력났을 때
작은 마음을 핑계 삼아
헤어지기로 마음먹었다
버리는 건 어두워야 할 수 있는 짓인데
비명 없다고
대낮에 화분을 엎었다
잔털로 움켜쥔 시간이 구불대는 게 보였다

허둥대다
맥문동 가득한 마당 구석에 자리 잡아 준다
바로 서라고 회백색 물을 뿌린다
한 뼘 땅따먹기도 못 할까 봐
알고 보니
이건 세고비아가 아니었다
그런 이름의 화초는 없었다
늦었다

내 겨드랑이에

부스럭거리며 손짓이 올라오고 있었다
물이 튄 건 누구 잘못도 아니었다

잎사귀는 전보다 더 뜨거워졌다

23.5도의 하루

그의 휴대폰에
그를 찾는 메시지가 뜬다

인천에서 실종되었습니다
84세 남, 키 171*㎝*, 몸무게 62*㎏*, 검정 티에 반바지, 슬
리퍼, 특별한 특징 없음

홈으로 돌아와요
신경 쓰기 싫으니까

걷는 이들은 제각기 다른 각도로 출렁이다 습관에
빠진다
눈을 뜨는 갯벌의 미지근한 온도

길 잃은 신경 하나
바람 빠진 지구처럼 박혀 있다

기울어진 공을 미처 던지지도 않았는데

축과 같아지면 처음처럼 될 수 있다는 규칙이 있었나

길이 멈추자 노을은 기다림 없이 사라지다
멀리서 끊을 듯 이어진다
채 도착하지 않은 질서—물이 차거나 빠지는 것

내 것과 아닌 것이 끈끈해도
아무 손도 덧대지 말아야 갈 수 있는

녹슨 주머니 옆
휘슬 같은 바람의 입술

똑바로 앉을 필요 없는
기울어진 하루

편해지면 되돌아가지 않는다

부은 발들

스핑크스가 목숨을 건 오이디푸스*에게 힌트를 줬다
발이 많을수록 약한 존재야

안국역 9시 반엔 날렵한 발들이 분주했다
갈색 나방도 여러 개의 다리로 지하철 바닥을 건너고
있었다 갈색 몸뚱이를 본 사람은 발을 구르며 전화를 걸
었다
—무서워서가 아니라 해충은 신고해야 하는 거 아닙
니까

꿈틀거림을 피해 보폭을 넓히던 사람은 넘어질 뻔했
다 그물 조끼는 별 도움이 되지 않았다
날지 못하는 나방은 주억거리며 고개를 숙였다 밤새
아파트 두 단지는 가볍게 비행했던 한쪽이 찢어져 있었다
—아니, 뭐가 괜찮다는 거예요?

다리를 꼰 나이키 운동화가 까딱 발끝으로 부르는데
낯익었다 24시 순댓국집에서 만났던가 거기를 끊은

건 빛나는 포식자 때문이었다 불러서 없애는 램프
　　하지만 초대를 외면할 자신은 없었다 목표를 정하고
가장자리로 슬금슬금 회색 고무창을 향해
　　―이렇게 답답해서야

　　하얀 테니스 백이 길게 내려앉았다 흔들리며 도착한
나방은 볼 주머니 열린 지퍼 사이 더듬이부터 구겨 넣
었다
　　가방 바닥에는 쓰러진 음료병이 축축했고 볼이 배를
간지럽혔다
　　건너편 아이가 손 기둥에 얼굴을 숨겼다 내밀자 대칭
의 눈으로 웃었다 그러니까 양쪽 무늬는 비로소 향하고
아무도 잡으러 오지 않았다 가방은 미세하게 풀썩거리
다 안내 방송 대신 잠깐 휘파람 소리가 났다
　　―끊는다 끊어 기본도 안 된 주제에

　　사람이라는 정답
　　스핑크스는 날개를 펴지 않은 채

절벽으로 몸을 던졌다

문이 열리자
넘치는 발들이 들어왔다

* 오이디푸스는 부은 발이라는 뜻이다.

1월의 리스

엄마가 보고 싶어 불렀어
그럼 엄마를 부르죠

듬성듬성 빗금 치는 낮
할머니는 담요를 두르고 막다른 골목처럼 앉아서는

네 엄마 말고 내 엄마, 클수록 너는 빼닮았어

베개 밑 사진첩 손톱만 한 쪽머리의 내가 여기를 보
고 있다
스물둘 어머니가 오신 것 같았지

왜 한 번도 얘기를 안 했어요?
너무 일찍 가셨거든

목에는 하늘색 프릴 올올이 흔들리고 테이블 위에는
좋아하는 별사탕 봉지 열려 있다
하나씩 디뎌 두 번의 강을 건너려면

서른이 넘었으니 안심이야
할머니는 귀퉁이가 너덜한 흑백을 수건으로 문지른다

밥은 비워야 한다는 엄포에
나는 쌓인 눈들을 꾸역꾸역 넘겼지만 녹다 언 게 걸
렸고

12월이 되면
자꾸 도망가는 해를 잡아 문 앞에 걸어야겠다는 다
짐만 마른침이 된다

모두 가고 나서야 버린 것들을 둥글게 엮는다
반칙이 마음에 들어 들뜬 솔방울 소리 내는데 부스러
진 귀에는 닿지 않는 오후

사라지는 눈송이들
커튼 옆에서 마음껏 부스럭대고

창틀만큼 키 자란 눈에
언제 왔다 갔는지 모르는 발자국 하나

별사탕과 함께
리스를 장식한다

귀신의 집

갓을 쓰고 머리를 긁던 남자가 두 명만 더 오면 들어
간다고 했다 거미의 시간에 둘은 긴 숫자, 표를 받던 남
자는 할 수 없으니 그냥 들어가라 했다 그때부터 할 수
없음이 따라붙었다 할 수 없이 튀어나온 프랑켄*은 흉
터 대신 못이 어긋나 있었고 처녀들은 우물에서 어디
가냐고 손을 흔들었다 시간당 얼마길래 그 속에 오그리
고 있냐고 묻고 싶었지만 번개가 쳤다 번쩍이는 건 관
속의 사람도 일어나 앉히고 그들을 위해서는 할 수 없이
비명을 불러와야 했다

시늉을 한다는 건 여기 있을 수 있는 유일한 방법인
데 흰 손이 바닥에 솟아도 잡히지는 않았다 걸을 때마
다 먼지가 날리는 건 할 수 없는 건지 시늉에 맞는 건지
헛갈렸다 오래전 티끌을 긁어 소꿉 밥을 올리고 누구도
심지 않은 호박꽃은 달걀프라이로 지글대다 영호의 실
내화 한 짝 가볍게 앉으면 갈라지는 벽 사이로 도망가던
오후처럼

무당의 왕소금을 그대로 맞던 영호 엄마는 모르는 산으로 올라갔다 저마다의 밤에 인사하러 왔지만 아무도 눈을 뜨지 않았다 그 집을 지날 때면 석필로 벽을 빙 돌아 그어 댔고 긴 선 끝에는 서낭당이 있었다 영호는 점점 말을 안 했고 칠판에 이름을 써도 고개 들지 않았다 흔들어 깨워도 오지 않았고 교실의 빈자리는 채워졌다 엉호로 읽히는 지우개가 굴러다녔고 생각보다 부드러워 벽의 낙서는 사라졌다

귀신들은 뒤꼍에서 담배를 피웠다 주렁주렁 날리는 천 사이로 이젠 내가 보이지 않았다 붉은 천을 잡고 날아갔으면 담장 너머일 텐데 보이는 것보다 그럴듯했다 담배를 비벼 끄기엔 고장 난 자판기 앞이 제격, 나오지 않는 커피 대신 크림 가루만 지우개 똥 같은 알을 까고 있었다 귀에 이어폰을 한 강시는 뛸 때마다 박자를 놓친다며 투덜댔고 과거형의 그들 속 새 천을 감으면 무너질 바닥 없이 꼿꼿이 말라 가야 하는 이도 있었다 주어진 자리마다 돌아갈 곳이 없었지만 부지런히 불길한 역할

을 해내면 바라보던 노을은 얼굴도 숙이지 않은 채 지나
쳐 갔다 흐려지는 속도보다 그림자 잡아먹히는 속도가
더 빨랐다

　어두운 곳에 비명은 필수였지만 혼자였다 할 수 없이
나오기엔 할 일이 있었다 컴컴한 나무 바닥 익숙하게 삭
아 가고 부르기에 적당한 울림 힘차게 뛰어가 발을 구르
면 한 번도 소리 내지 못한 그 이름이 삐그덕거리며 흔
들렸다 돌아서면 자라는 손톱 달린 마루는 푹 꺼져 시
간당 짙은 각오로 일하는 자들의 다크서클을 그리고 먼
지를 모으는 손바닥은 잘못을 싹싹 빌 때처럼 바쁘다
검부러기가 된 낙엽이 뒤집는 순간 떠다니는 꼭 한 번의
자유 버려지기 직전 기름을 마저 쓰고 있다 동공이 뾰
족해져 앞이 지워지기 직전이었다

* 당신이 떠올린 그가 맞다.

네안데르탈

올인
다시 얼굴을 찾아오려 해
깊은 동굴의 네안데르탈이 말했다

콜
호모 사피엔스가 인류가 된 건
센 놈의 의도를 알아차려서라고 했다

위험을 감수한 배열은 이미 도전이 되고
영토에 들어가기 싫어도
그는 또 킹이라 말하고

운일 뿐이라고?
지는 사람으로 거듭나던지

한 눈 감은 네안데르탈
뼈바늘 사이 전선을 넣는다
저무는 전신주 너머로 마음을 감추며 딸려 오는 주

의하고 경계한 풍경들

왕이 존재하지 않는다면
누구도 말을 전하지 않고 높은 곳을 향해 뛸 필요 없
을 텐데

잃어버렸다고 생각했지만
도망간 건 그만 기다리고

낮은 광대에 맞춰 얽힌 탈이 자리를 잡으면
이기는 걸까

지배당하는 풍요로움 허둥대지 않으려는 선언처럼

처진 눈이 되어 굴 밖으로 나간다
힘도 야망도 디디지 못한 곳

정면엔
날리고 있는 카드 한 장

발 빠짐 주의

바탕이 싸구려야 딱 봐도
보라색 터틀넥이 안면도 없이 돌직구를 날렸다
사당역 광고판의 그녀가 치아 여덟 개로 아주 잠깐
하얗게 웃고 반응도 없이

바빠짐 주의 바빠짐 주의
다음 역의 경고가 숨차게 와서 멈춰선다
3—2 관람객들이 쏟아져 들어오고
칸마다 전시된 오브제
종이 위에 혼합 재료, 아크릴과 자유 색채, 비닐과
왁스
움직여도 움직이지 않는

늦은 4호선 지하철
아버지의 빈칸 앞에서 머뭇거리다 오는 길
양복 배지, 어깨동무 사진, 시들지 않는 꽃들
여기저기 콜라주는 흐려지는 게 특기였다
엎었던 밥상은 기억하죠 어깨높이가 같아지면 물어
보려 했어요 모여 앉은 입을

한 번에 찢어 붙이는 재주는 어디서 온 거냐고

저작권이 만료된 비슷비슷한 표정의 옆칸
그 순간의 무표정들
아무리 필요로 해도 당신이 들르지 않으면 만나지 못
하는 규칙
얌전을 강조하던 아버지 앞에서 시스루 스커트로 빙
글 돌고 싶었는데

이것도 싸구려네
보라색 손가락이 내 치마를 가리켰다
노려보는 건 익숙했지만 눈썹은 움찔거렸다
갈 길 가는 바닥도 창백해져

떨렸다 구겨진 시폰 시스루
주름마다 아버지 발을 빼고 펄럭대는 다리만
삭은 걸음 날리다 부스러기들 틈 사이로

저린 발도 하마터면

닳은 엄지발톱이 곪는다

변기 컨설팅

자세가 외롭다면
개방 화장실 하나 지어 볼 것
불이 켜지면 드나드는 몸뚱이와
몸뚱이 아닌 것의 친밀함을 고민할 것

성취한 게 없다면
바다가 보이는 언덕에 변기를 놓을 것
몇 쪽의 널빤지로도 가능한
호사 아닌 호사에 잠겨

주의력 결핍이라면
오일장 변소를 청소할 것
코 막으랴 욕지기 감당하랴 산만해야만
보글보글 거품은 완벽해지고

아무도 믿을 수 없다면
이제는 찾기 힘든
그러니까 누구도 모르는 쇠똥구리를 찾을 것
덩어리 굴려 단단히 한 발씩 가는

혹시 모르는 등에 기생한 움직임을 만난다면
그래서 오늘 아침
반 토막이라도 웃고 있다면
빈 화장실과 지친 변비 사이에 앉아 있다는 것
스위치를 눌러 잠시 빛과 연결되어

테두리는 뭉개 버리고 대신 엉덩이를 닦아 주는
그것도 전문 서비스로
냄새도 멋져, 이런 말도 가끔 믿으며
물티슈 정도에 토하지 말고

살아 내는 게 목적이라면
재미없어도 수행해야 함을 잊지 말 것
힘은 빼고 둥그런 자리로
앞뒤를 개방해 배후를 공개할 것

적나라해지거나 깡그리 뭉개 버리거나

착지의 기술

버스에서 내리는데 밑창이 떨어졌어요
오래 처박혀 있다 외출하니 날름 나오네요

발보다 먼저 착지한 밑창에
눈빛이 쏟아져요

발밑에 살면서 이런 스포트라이트는 처음 받아 봐요

얼른 코를 잡고 숨기엔 주름 많은 코가 적당하죠
더러는 힐끗거리고 때로는 노골적인 참견에
그만 균형을 놓칩니다

넘어지지 않아 다행이에요
키 높이 바닥없이도 제법이죠

어지러운 척 자연스럽게 바닥을 집어 들면
민망함은 다음에 찾아와 붉은 거리를 잽니다

오늘 면접은 갈 수 없어요
뭐, 하루 이틀 기울어진 삶도 아닌걸요
구석까지 굴러간 한숨이 멈춰 서고 시선은 금방 사라
져요

또 전화가 오긴 할까요

능선을 남기고 출발하는 버스
발가락으로 길을 읽으며 걷기로 합니다

무사히 집에 안착할 수 있나요
기막힌 착지도 없었는데
멀지 않은 구름은 자꾸 한쪽으로 눕습니다

나 대신 누군가
그 회사의 밑창이 되겠지요 시작은 바닥부터라고 배
웠잖아요

혹시 비가 오면
한 발로도 잘 서는 연습을 하기로 해요

인류세
―여섯 번째 전멸

이들은 하얀 외골격을 가진 동물, 무척추동물인 갑각류의 일종처럼 보이지만 차이가 있다면 이 외골격은 아주 얇고 질긴 피부와 같은 골격이 겹으로 형성되어 있다는 것입니다 보호를 위한 것인지 쉽게 파괴되기 위한 것인지 진화의 방향은 아직 확인되지 않습니다

외골격의 흰색은 보호색과는 상반된 기능을 합니다 어떻게든 천적의 눈에 띄길 바라는 것 같습니다 자신을 단박에 먹어 치워도 상관없다는 듯 뒤덮은, 마치 인류세 시기 백공작의 꼬리를 연상시킵니다 삼엽충처럼 죽은 후 외골격이 분리되어 파편으로 발견되는 종류의 한 형태가 아닌지 비교 검토할 필요가 있습니다

이런 판단의 근거는 골격 안에는 어떤 감각이나 내장 기관도 없기 때문입니다 단지 근육만 가득합니다 기생 동물의 한 종류가 아닐까 싶기도 합니다 요란한 외향을 봐서는 수놈일 확률이 아주 높습니다 생식 기능이 근육 안에서만 구조한다면 종의 새로운 분류도 배제할 수

"

없습니다 물론 지금까지의 발견으로 봐선 이 움직임이 제한되며 얇고 쉽게 찢기는 외골격 기생 동물에 의해 인류가 멸종되었을 가능성도 고려해야 합니다

인류세 초기에 어마어마하게 발견되었던 트랜스 지방이 섞인 닭의 화석이 점차 사라지며 중기 이후에는 이 종류가 놀랍도록 많이 보인다는 점도 시사하는 바가 큽니다 닭 뼈 화석층이 이 기생 동물 화석으로 완전히 대체 되고 나서 인류가 멸종된 것이 확실해 보입니다 정보를 종합해 보면 이 기생 동물의 영향력이 적어도 트랜스 지방 닭보다는 높다는 게 전문가들의 중론입니다

또한 본 연구와 관련한 특별한 성과가 있습니다 멸종 표현의 전환 기술력으로 인류세 문자 일부가 해독되었다고 합니다 인류세 상징 언어의 존재는 이미 알려졌습니다만 그동안 다양한 가설만 판을 쳤습니다 이번 외골격에 있는 문자 해석이 유일하게 신뢰도 60.1%를 얻어 여러분께 최초 공개합니다

1+1 저지방 배양육 — 최고 등급 인증

이로써 인류세 연구에서 1+1의 표현이 다시 한번 대
두되었습니다 이 신호와 패턴이 사회적 상호 작용의 중
요한 열쇠인지 아니면 멸종 시기가 도래한 사인인지 무
한한 잠재력으로 연구는 큰 주목을 받고 있습니다

삶의 레시피, 혹은
관계를 견디는 시간

김정수(시인)

언덕 위에 한 카페가 있다. 프랑스 파리의 루브르 박물관처럼 뾰족한 고딕식 유리 천장이 있는 근사한 카페다. 약속 시간에 맞춰 사람들이 모여든다. 전망이 좋은 창가는 예약해야 앉을 수 있는 자리다. 먼 데까지 바라볼 수 있으면서도 위에서 아래를 내려다보기 딱 좋은 곳이다. 노란 페인트가 칠해진 창틀과 탁자와 안락한 의자는 고풍스럽다. 유리 천장과 조화를 이루지 못한 어색함이 슬쩍 묻어나지만, 회사 최초로 여자 이사가 된 입사 동기의 축하 자리로 딱 어울리는 장소다. 반가움도 잠시, 떠난 사람들과 남은 사람들 몇이 모인 자리는 왠지 어색하다. 헤어진 시간의 단절만큼, 사회적 격차만큼 대화는 매끄럽지 않다. 서로의 관심사가 달라서인지 말이 자꾸 끊어지고 엉킨다. 말이 사라진 자리에 어색한 손짓만 남는다. 승진한 동기의 책상 위에 놓인 자개 명패로 화제가 옮겨 간다. 자개 명패는 부러움의 대상이자, 권위의 상징이다. 누군가는 자랑하고 싶겠지만, 누군가는 불편할 수 있다. 위화감을 불러올 수 있으므로 오래 붙잡고 있을 화제는 아니다. "잘 맞는 재킷"도 권위의 상징이다. 이것 때문에 어딘가로 통하는 문이 흐려지고, 응답처럼 버터가 녹아내린다. 사람들의 시선은 불청객 같은 참새 한 마리에 쏠린다. 언제 어디로 들어왔는지 모를 참새 한 마리가 투명한 천장에 갇혔다. 밖으로 날아가려고 천장 꼭짓점을 맴돈다. 깃털 하나가 허공에서 떨어진다. 언덕 위 카페의 창가 자리에 앉아 참새와 떨어지는 깃털을 본다. 축하 자리와 격리된 공간인 듯, 자동문 틈으로 반짝이는 깃털이 들어온다. 사람들이 앉아 있는 전망 좋은 자리보다 높은 곳에 참새가 날고 있다. 참새는 투명한 유리에 갇히고, 우리는 대화에 갇힌다. 출구는 위에 있지 않다. 천장만 고집하는 사이에 사라진 것은 무엇일까.

위의 상황은 은이정 시인의 첫 시집 『동물원에서 흔들의자를 만드는 법』에 수록된 「고딕식 유리 천장」을 산문식으로 재구성한 것이다. 시인의 가치관과 세상을 바라보는 관점, 사람들과의 관계성 등을 종합적으로 파악할 수 있게 해 주는 시라 먼저 언급해 보았다. 사회적 성공을 바라보는 시선은 긍정적일 수 있지만, 이를 전면에 내세워 우쭐하는 행태는 다소 비판적이면서 회의적이다. 시인은 대체로 앞에 나서기보다 뒤에서 조망한다. 대화의 중심에 서기보다 경청한다. 시를 읽다 보면 무심한 듯 냉소적이라고 느끼는 이유는 높은 곳을 향한 맹목적

성취의 모순과 사회적 시스템의 한계를 경험적으로 인식하고 있기 때문일 것이다. 그런 인식의 밑바탕에는 경험적 회의와 사회의 속물적 근성에 대한 반감이 작용한다. 내면보다는 외면을 중시하는 형식적인 자리의 불편함과 그런 관계의 지속성에 대한 회의, 실존적 고립감 때문에 현장에 녹아들지 못하고 겉돈다.

시인은 천성적으로 사람들에 녹아들지 못하고 한걸음 뒤에서 관찰하는 사람이다. 우연히 카페에 들어온 참새를 통해 사회적으로 성공의 이면과 한계 그리고 실존적 고립감을 통찰한다. 당연하다고 생각하는 걸 당연하지 않은 '낯선 시선'으로 접근해 새로움을 창조한다. 은이정 시인은 일상의 현상이나 사물을 관찰해 상상으로 끌고 가는 상당한 힘을 소유하고 있다. 때론 사물과 하나가 되거나 사물의 관점에서 세계를 바라본다. 특히 음식을 시적 상상력으로 승화하는 힘이 탁월하다. 「고딕식 유리 천장」에서는 "버터가 녹아내"리는 무심하거나, 권위적 대화에 끼어들지 않고 겉돌거나, 적응하는 듯한 표현에 머문다. 하지만 음식 이미지는 공간의 상징성과 음식 이면의 감춤과 드러냄의 주된 소재로 활용된다. 즉 음식 상상력을 통해 삶의 비의와 사람들과의 관계성, 내면의 상처를 치밀하게 보여 준다. 그에게 시는 스스로 마음을 수행하는 방편이면서 삶의 해우소 같은 역

할을 한다. 천성적 선함과 이타적 사고, 사회적 윤리로
억제된 자아를 발산하는 매개체이기도 하다. 현재 그에
게 시는 단순히 쓰는 행위가 아니라 존재 그 자체라 해
도 과언이 아니다.

> 출구는 위에 존재하지 않고
> 내일은 노크 없이 날아오를 수 있는지
>
> 천장만 고집하는 사이
> 손가락이 사라졌다
>
> ―「고딕식 유리 천장」 부분

이왕 시작했으니, 「고딕식 유리 천장」을 좀 더 살펴보
자. 이 시는 사회적으로 성공한 여성과 이를 축하하는
자리의 어색함을 유리 천장과 참새를 통해 대조적으로
그리고 있다. 언덕 위 카페나 고딕식 유리 천장, 자개 명
패, 재킷 등은 회사 동기인 여성의 성공을 상징하지만,
그 성취의 이면에 감춰진 사회적 시스템의 한계와 모순
을 비판적으로 접근한다. 시선이 다소 냉소적이거나 회
의적이지만, 그 바탕에는 따스함이 배어 있다. 인간의 기
준으로 보면 "출구는 위에 존재하지 않"지만, 허공의 본
능이 각인된 참새로서는 위에서 출구를 찾을 수밖에 없

다. 들어온 위치가 위가 아님에도 위를 고집하다가 그곳을 벗어나지 못한다. 스스로 그곳에 갇혀 파닥거린다. 입구가 출구가 될 수 있음에도 다른 데에서 출구를 찾는 풍경은 어리석음으로 비친다. 밖의 풍경이 그대로 통과하는 투명한 유리는 보이지 않는 장애물이다. 높은 곳으로 향하는, 맹목적인 비상을 꿈꾸는 여성 동기는 투명한 천장에 갇힌 새의 처지와 다르지 않다. 유리 천장을 뚫고 마음껏 치솟을 줄 알지만, 번번이 투명한 천장에 가로막힌다. 천장에 부딪치기 전에는 그런 사실을 깨닫지 못한다. 깨지지 않는 천장의 유리, 출구가 없는 곳에서 아무리 서성거려도 장밋빛 "내일"은 열리지 않는다. 성공을 위해 "천장만 고집"하다가 자아와 삶의 방향성을 잃어버리고 만다.

구부정한 해 뒤로 선생님이 들어오셨다

건반에서 키운 검버섯으로 금전수를 안고서

고등어구이에 잔만 털던 동창들 구석마다 일어서

는데 키가 미치지 못한다

신장개업 가게는 그래서 문이 낮고

기억보다 오늘이 중요한

오래된 제자는 화덕 주인답게 붉은 얼굴을 얼른 철

판에 올렸다

비듬을 빗어 넘긴 선생님은 세 번쯤 눈을 껌뻑이다
묻는다
그 손을 쓰네?
넘기긴 왼손이 편해서요
두꺼운 악보가 원산지 다른 생선 사이로 엇갈리며
펼쳐 있고 박자는 소금을 놓친다
낮은음자리에서 헛갈리는 건 교실이나 마찬가지
네요 한없이 뒤집다 보면
내장은 연주할 수 있을까요

알다가도 모르는 게 다른 손의 일이잖니
통증이 비집고 들어오는 게 싫어 빽빽한 음표를 그
렸던 한때
부러지는 소리가 실금 사이로 퍼지던 마룻바닥
조는 제자를 그냥 봐 넘기는 적이 없더니
금전수 넝쿨 사이로 돈 세다 잠들라는 이파리 밀
어 넣고

창밖에는 앞사람 등만 보고 가는 이들이 길을 메
운다
지구가 넘어가며 무른 눈가도 데리고 가면

　　메트로놈은 이제 눈동자가 하얗게 익을 때만 작동
한다
　　아무리 기다려도 살 오르는 날이 없어 동창회는
미루어지고
　　상가 화장실은 막혔다
　　환풍구 앞에 쭈그려 가시를 발라내야 한다
—「Money tree」 전문

　　시에서 공간은 시적 화자의 내면 의식과 정서가 투영
되거나, 시적 상상력에 의해 재구성된다. 유년 시절의 집
(방)이나 자연 같은 특정 장소는 시적 배경에 그치지 않
고, 화자의 정서나 기억, 심리 상태가 반영된 상징으로
의미화된다. 은이정의 시에서 공간은 탈속성이나 과거
의 경험을 허용하지 않는다. 현실과 동떨어진 고립된 삶
이나, 자연 속에서의 정신적 초월과는 일정 거리를 둘 뿐
만 아니라 유년이나 성장기의 체험 공간 대신 현재의 거
주지와 삶의 동선에서 마주한 공간에 한정되어 있다. 시
인은 과거를 배제하고 현재에 집중하는 시적 태도를 시
종일관 견지한다. 이것이 의도적인지, 심리적 요인인지
알 수 없지만 은이정의 시가 현재의 삶과 공간에 집중한
다는 사실은 명확하다. 그리 멀지 않은 과거의 경험조차
현재화해서 보여 주는 노련함마저 겸비하고 있다. 현실

을 반영한 시적 공간이지만, 공원 같은 바깥보다는 지하
철역이나 시장 같은 시설(건물) 안, 집보다는 카페나 식
당처럼 사람들을 만나는 공간에 집중한다. 카페나 식당
은 사람들과의 관계성, 사고관, 정체성 등을 총체적으로
시현하는 상징적 공간이다.

　「Money tree」의 시적 공간은 생선구이 가게다. 생선구
이 가게를 신장개업한 동창을 축하해 주기 위해 모인 자
리다. 「고딕식 유리 천장」과 「Money tree」의 공통점은 축
하의 자리라는 것이다. 전자는 진행형인 사회적 성공을,
후자는 꿈(명예)을 포기하고 현실(돈)을 추구한다는 차
이를 보인다. 시는 "오래된 제자"를 잊지 않고 "금전수를
안고서" 가게로 들어오는 선생님과 일어나서 반기는 제
자들로 시작한다. 선생님의 시선이 제자의 손에 머문다.
"그 손을 쓰네?/넘기긴 왼손이 편해서요" 스승과 제자의
선문답 같은 대화에 많은 의미가 담겨있다. 피아노를 전
공한 제자의 꿈이 왼손의 부상으로 좌절된 것과 고단한
생계를 위한 어쩔 수 없는 왼손의 쓰임을 환기한다. 선생
님의 안타까움을 자아낸 왼손은 꿈과 현실이 뒤바뀐 제
자의 현재 상태를 집약적으로 보여주는 상징적 장치다.
피아노를 치던 손과 생선을 굽는 손은 같지만, 전혀 다
른 쓰임이다. 주로 사용하던 오른손이 아닌 왼손은 예술
과 현실의 단절과 괴리를 나타낸다. 즉 '예술의 손'에서

'노동의 손'으로 전환뿐 아니라 여전히 힘겨운 생존 전선에 놓여 있음을 뜻한다. "환풍구 앞에 쭈그려 가시를 발라내"는 모습이 이런 사실을 뒷받침한다. 음악에서 박자를 놓치는 것이나 생선구이에서 소금을 놓치는 치명적인 실수는 생존과 직결된다. 이것이 반복되면 예술가의 길도 생존의 길도 놓치고 만다. 부자가 되라는 의미로 선생님이 사 온 "금전수"의 의미가 퇴색하고 만다. "내장은 연주할 수 있을까요"라는 질문을 통해 꿈이 있던 교실(과거)과 생존의 현장인 생선구이 가게(현재)가 교차하면서 내면까지 파헤쳐진 모습에 자괴감을 느낀다. 피아노 선율 대신 생선 비린내가 진동하고, 음악적 감각으로 생선을 굽고 가시를 발라내는 행위를 통해 비참한 삶을 통째 연주하고 있다.

혹시 미심쩍은 힘이 남아 있으면 어슷하게 썰고
밀폐 용기에 사랑한다는 말과 함께 담으렴
귀찮은 건 한꺼번에 준비하는 게 편하지

나는
생각날 때마다 보이지 않게 갈아 두었다

이미 있던 나를 통해 내가 달라지는 거야

정말 오랜만에!

번져가는 수채화처럼 흐려져도
흐르는 소금물 따위 넣지 말고 담백하게
아무것도 솎아 내지는 말자

네가 요리에 관심이 있어 얼마나 다행인지 몰라

오늘이
제일 먹을 만한 날이겠다
　　　　　　—「늙은 딸에게 주는 레시피」부분

　시집 첫머리를 장식한 이 시는 늙은 엄마가 같이 늙어 가는 딸에게 자신의 몸과 요양 병원의 소품들을 식재료로 둔갑해서 보여 주는 파격적인 상상력이 돋보인다. 음식 상상력 시편 중 백미라 할 만한 이 시는 일방적이고도 오래된 관계의 피로와 사회의 비정함을 레시피를 통해 시현한다. 노쇠와 돌봄이라는 민감한 주제를 연민의 시선이나 비난의 잣대를 들이밀기보다 요리라는 은유적 장치를 통해 관계와 존엄이 해체되는 과정을 조금은 잔혹하고도 냉소적으로 배열한다. 시간의 흐름에 따른 관계의 힘듦과 서운함이 진하게 묻어난다. 레시피는 단순한 조리법이 아니다. 생존의 매뉴얼이자, 최소한의 존엄을 유지하면서 죽음을 준비하는 과정이다. '늙은 딸'이라 한 것은 조만간 너도 곧 나와 같은 상황에 처할 것이므로 나에게 잘하라는 무언의 압박이다. 이 시는 '젊음'을 '늙음'으로, 돌봄을 "냉장고 파먹기"로 전복해서 보여 준다. 냉장고 파먹기란 새로운 식재료를 사지 않고 냉장고에 있는 모든 음식을 다 먹을 때까지 장을 보지 않는 것을 의미한다. 냉장고는 요양 병원에 입원한 늙은 시적 화자로, 앞으로 자신을 위해 새로운 물건을 사거나 마음을 쓰지 말고, 있는 그대로 죽을 때까지 그냥 두라는 유언과도 같다. 하지만 "네가 누구냐고" 되묻는, 치매의 상황을 참작하면 이 모든 건 역설적 상황이다. 나를 이런 상황에 내버려두냐는, 늙은 딸을 더 힘들게 하겠다는 의도를 숨긴 전복으로 읽어야 한다. 하지만 더 자세히 들여다보면 엄마의 화법을 빌린 딸의 하소연이다.

부제 '요양 병원풍 오픈 요리'에선 마치 '늙은 몸'이 스스로 음식 조리대 위에 올라간 듯한 서늘한 시선이 느껴진다. '오픈 요리'라 했지만, 혼자만 보라고 추신이 달려 있다. 돌봄의 장소나 상황이 일반적이지만, "안달 난 얼굴"이나 밀폐 용기에 담기는 "사랑한다는 말", 달라지지 않는 본성은 결국 개인적이라는 전언이다. 베개, 시트, 매트리스, 기저귀 조각, 링거, 슬리퍼 같은 요양 병원의 사물들과 틀니, 항문 같은 신체어를 소금에 절이고, 채 치고, 고명을 올리는 조리 과정의 어휘가 난무한다. 갈피에서 나오는 돈이나 동전은 치매로 인해 잊힌 기억과 숨겨진 과거를 암시한다. 이것이 음식 위에 고명으로 올려지는 순간 더 이상 비밀이 아닌 것이 된다. "지긋지긋한 재료"와 "깊은 정체"가 겉으로 드러나는 순간 상처를 유발하던 관계는 더 이상 존재하지 않는다. "무시의 눈초리가 많"아질수록, 원래의 관계를 회복할수록 기억은 점차 무너진다. 늙은 딸과 더 늙은 엄마의 갈등은 "네가 누구냐"는 질문에 이르러 극적 전환을 이룬다. "안달 난 얼굴"과 끝없는 잔소리는 사라지고 왜소해진 한 노인이 그 자리를 대신한다. 한순간에 소멸하는 기억과 당황해서 더듬거리는 발화에 관계는 새로운 전환을 맞는다. 안달하는 모습을 보는 것을 "갓 짠 참기름"에 비유해 가학적 잔인성과 기묘한 유희, 무력감을 동시에 부각한다. 오랜 관계에서 오는 돌봄의 피로와 애정은 분리되지 않고 동일시된다. 가학과 피학, 혐오와 사랑은 같은 식탁에 놓인다. 요양 병원의 물리적 억압과 통제를 거부함으로써 최소한의 존엄을 지키고자 한다.

밀폐 용기에 사랑을 담자, 더 이상 애정 관계는 성립하지 않는다. 미련도 사라진다. 자신을 "보이지 않게 갈아" 둠으로써 몸과 마음 모두 죽음 이후를 대비한다. "이미 있던 나를 통해 내가 달라지는", 늙은 엄마를 통해 나를 돌아보는 성찰의 시선으로 바뀐다. 엄마는 딸의 미래이기도 하다. 현재의 엄마 상황은 딸의 상황으로, 조만간 '딸의 딸'이 겪을 수 있다는 깨달음이다. 노쇠와 돌봄은 누구나 그 대상이 될 수 있다는, 곧 자신의 미래를 예감하는 일이기도 하다. "제일 먹을 만한" 오늘이 사실은 죽기 좋은 날이라는 뜻이다. "수채화처럼 흐려져도", 즉 내가 죽더라도 눈물 흘리지 말라는 충고는 갈등의 해소를 넘어 경건함을 자아낸다. 해체된 몸의 자리에 남겨진 식탁, 그 앞에 앉아 삶의 마지막 레시피를 생각하게 한다.

식사가 끝날 즈음
봉투 안에 준비한 낮달을 건네려 했다

자꾸 이러면 또 볼 수 없다 남은 갈비탕엔
국물만 그득하고

후회하기 싫을 거예요

오래전에 죽은 블랙 밍크를 삼십 년째 기르는 솜씨
는 여전했지만 한 번에
발 하나씩 덜컹대면

방수 팬티를 한없이 치키는 당신을
거울 앞에서 기다리고

립스틱을 돌리니 꽃대는 부러져 숨어 있다 지속력
을 따졌는데
좀 전의 쿵 소리가 이것이었나
새끼손가락으로도 만져지지 않고
애써 바른 홍조가 땀 흘리며 경사로에 섰지만

무작정 업어 주던 등은 밀어낼 만큼 휘어 있고
여덟 정거장 오기가 다른 언어만큼 낯선

실금마다 깨질 화살표가 점점이 즐비하고

애야 나는 갈수록 가짜가 되어 가는구나

찾지 않는 주민증에는 누군가 비좁게 웃고
검버섯보다 짙은 건 낮달을 파는 기념품 매장에 있
다고

겹겹이 접힌 자리는
할 만큼 한 얼룩처럼

누구도 궁금해하지 않는다

비결은 뚜껑에만 가르쳐 주세요

한나절만 지나도

짭짜름한 먼지가 쌓여요

쓰지 않게 되는 일은 소식으로도 배가 부르고

피해 가며 애쓰다 다시 노란 흔적 흥건하고

무엇을 얻기 위해 자주 걸음을 멈추는 건지

당신이 골라 디디는 블록은 게으르게 기지개를 켜
는데

블랙 밍크는 언제 눈을 뜰까요

오후는 낮달에 걸려 넘어졌고

입술은 묽게 흘러내리며 달싹이고

—「미래 완료」 전문

은이정의 시에서 식당과 음식 이미지는 가족의 건강
과도 직결된다. 수술을 앞둔 "엄마는 철분이 부족"(이
하「철인 28, 또는 27호」)하고, 그런 딸을 위해 "외할머니
는 멀리서 생간을 나르다 돌아가"신다. 엄마는 식당에서
도 빈혈에 좋다는 "싱싱한 심장"(「심장을 먹다가」)을 시

켜 먹는다. 당신의 엄마를 가장 많이 닮았다는 이유로 "엄마가 보고 싶"다며 오라 해서는 "밥은 비워야 한다는 엄포"(「1월의 리스」)를 놓는 엄마 때문에 집에서 아침을 먹다가도 "입속에서 늙은 엄마나 입원한 삼촌이 나올까 봐"(「깍둑썰기」) 걱정한다. 심지어 여행지 식당에서도 불면증이 있는 당신(「망상 식당」)을 생각한다. "늘 침대에 누워 있는 할머니"(「시신이 제일 고생이죠」), 퇴원 준비를 마친 "말간 아버지"(「개의 방문」), "암이 재발했다는 전화"(「싹둑, 가위질」), 그리고 "언제든 찌릿 섬광이 치는 손목"(「손목 터널 증후군」), "내 안에 들어와 소리만 파먹"는 이명(「이명」), "올라가지 않는 오른팔"(「환상지」), "엄마가 가고 나면/천장은 밤마다 나를 돌"리는 외상 후 스트레스 장애(「PTSD」) 등 식당이나 음식 이미지와는 별개로 돌봄이나 건강도 이번 시집에서 큰 흐름을 형성한다. 시인은 이런 상황을 구체적으로 진술하기보다 은유하거나 동화적 상상력으로 전복해 묘사한다.

앞서 살펴본 「늙은 딸에게 주는 레시피」가 화자인 늙은 엄마를 통해 늙은 딸에게 전하는 말이라면, 「미래 완료」는 자식들을 힘들게 하는 엄마에 대한 딸의 하소연이다. 「늙은 딸에게 주는 레시피」가 늙은 엄마의 입을 빌린 역설적 상황이라는 점을 수긍한다면 「미래 완료」의 시각과 크게 다르지는 않다. '미래 완료'는 미래의 동작,

현상, 행위 등이 막 끝남을 나타내는 시제로, 어느 시점
에 완료된 상태를 현재로 끌어와 바라보는 시선이다. 즉
죽음이라는 미래 완료를 기준으로 엄마의 노화와 관계
의 힘듦, 갈등이 현재의 시간과 장소에서 교차한다. 이성
적이기보다 감성적 판단이 우선하는 엄마와의 고통스
러운 유대가 드러난다. 엄마의 거친 말과 행동에 제대로
대응하지 못하는, 그런 관계가 오래 이어져 왔다면 유대
는 감당하기 어려운 고통과 상처를 유발한다. 특히 '착
한 딸'이라면 고통은 딸 한 사람에 그치지 않고 주변에
까지 파급될 수 있다. 노년의 돌봄과 갈등, 관계의 서운
함은 개인의 차원을 넘어 사회적 문제를 노정한다.

  이 시의 화자는 '착한 딸'처럼 엄마의 권위에 눌려서
하고 싶은 말을 제대로 하지 못한다. 가까이 다가가 '사
랑한다'고 살갑게 안아 주지도 못한 채 일정 거리에서 조
바심을 낸다. 어느새 팔십을 넘긴, 아이 같은 엄마의 투
정에 안절부절못하면서도 검버섯이 피고 허리가 굽은
엄마를 안쓰러워한다. 식사 후 함께 외출하려 "봉투 안
에 준비한 낮달을 건네려" 하자 엄마는 "자꾸 이러면 또
볼 수 없다"며 역정을 낸다. 구체적인 상황이 생략되어
정확한 내막은 알 수 없지만, 봉투 안에 든 것이 엄마의
심기를 건드린다. 낮달에 비유한 봉투 안의 정체가 얼마
되지 않은 용돈이나 "기념품 매장"을 방문해 필요한 물

건과 바꿀 상품권일 수도 있다. 그 돈을 받지 않는 건 '나도 아직은 그만한 능력이 있다'는 자존감이다. 낮달은 잘 보이지 않지만, 분명 존재한다. 그런 낮달은 엄마를 닮았다. 존재감 없다가 종국에는 사라지고 말기 때문에 늙은 엄마의 품위 유지를 위한 자존심이다. 하지만 딸로서는 30년째 입고 다니는 낡은 "블랙 밍크" 옷이 마음에 들지 않는다. 발을 구르고, "방수 팬티를 한없이 치키"며 역정을 내는 당신으로 인해 분위기는 급속도로 경색된다. "나는 갈수록 가짜가 되어"간다는 고백은 의미심장하다. 주민증 속의 젊은 모습이 '진짜'라면 늙고 냄새나는 현재는 '가짜'라는 비애와 몸을 치장할수록 '진짜 나'가 아니라는 절망감이 내재해 있다. 노화와 죽음을 받아들이지 못하는 심리가 작용한다. 오래된 옷에 대한 집착과 화장은 노화를 숨기려는 위장과 젊음을 유지하려는 집착이다. 하지만 이러한 집착은 "방수 팬티"나 "노란 흔적" 앞에서 처참하게 무너진다. "오후는 낮달에 걸려 넘어"지고, '착한 딸'은 일어나지도 못한 채 슬픔에 겨워한다. 이 모든 상황은 미래는 앞에 닥칠 시간이 아니라 이미 놓쳐 버린 것들의 목록인 셈이다.

바닥의 평등을 맞추지 못하면
뒤뚱거리는 건 평생 제자리가 없는데

자지 않는 시간에도 헐떡이고 싶지 않다고
몇 번이나 설계도를 요청해도 비버는 갸웃거리며
물푸레나무를 턱으로 가리키고는
댐으로 깊어졌다

(중략)

넘어지지 않아도 안아 준다는 마음이
마르길 기다리는

하늘을 자르며 날아온 후투티가 누구보다 먼저 발
자국을 찍고

왕관이 아니라서 원래 일부이던 것처럼 들어맞는
환대
비슷해야 내 것이 되는

갚을 수 없는 율동에 여유가 얽힌다

비켜서 맘껏 오해해도 되는 시간
가볍게 기대며 흔들리는
　　　　—「동물원에서 흔들의자를 만드는 법」부분

표제작인 이 시는 시인의 정체성과 가치관, 사회성 등이 총체적으로 녹아 있는 빼어난 작품이다. 제목이 의미하듯, 동물들이 협업해 흔들의자를 만드는 과정을 통해 삶의 균형과 환대를 형상화하고 있다. 동물원은 갇힌 공간이지만, 이 시에 등장하는 동물들은 갇혀 고통받고 희생당하는 존재가 아니라 주체적이고도 능동적인 능력자들이다. 하지만 흔들의자를 만들라 강요당하고, 이를 사용하는 대상이 인간이라는 관점에서 보면 이들은 수동적인 존재일 수밖에 없다. 겉으로 보기에는 능동적인 듯하지만, 그 안을 들여다보면 수동적이다. 이것이 시적 공간을 숲속이나 초원이 아닌 동물원으로 설정한 이유가 아닐까. "바닥의 평등을 맞추지 못하면" 삶은 불안정하고, "뒤뚱거리는 건 평생 제자리"를 잡지 못한다. 한쪽으로 기울어진 흔들의자는 휴식 도구를 넘어 불균형한 세상을 견디는 자리가 된다. 시작부터 기울어진 운동장이라는 전제가 깔린 셈이다. 밤을 새워서라도 흔들의자 "설계도를 요청"하지만, 비버는 불공정한 시스템의 요구를 묵살한다. 남들이 "자지 않는 시간에도" 일을 해야 하는 부당한 노동에 대한 거부권은 노동자의 당연한 권리다. 비버의 설계도는 몸에 각인된, 본능의 산물이기에 직접 설계도를 그리지 않고 재료인 물푸레나무를 가리킨다. "요철이 맞는 물성과 압축은 계절이 바뀌도록 찾기 어려웠다"라는 문장은 삶의 균형과 조화는 서두

른다고 이루어지는 게 아니라 오랜 시간과 숙련 속에서 체화한 감각이라는 뜻으로 다가온다. 개인의 삶이나 사회 공동체도 구성원들의 합의에 따른 균형과 조화가 필요하다. 부당한 노동으로 지탱하는 불안정한 사회는 균형이 맞지 않는 흔들의자처럼 삐걱대다가 결국 무너질 수밖에 없다. 누군가에게 귀속되지 않는, 귀천이 없는, 비슷한 관계라야 오래 유지할 수 있다. 그래야 사소한 오해도 가볍게 웃어넘기는 여유로운 삶을 누릴 수 있다. 동물원이라는 공간에서의 흔들의자 제작 과정을 통해 개인의 희생과 저항, 죄의식을 조밀하게 배치한 이 시는 지시와 수행 과정에서 사소한 오해를 거친 후에야 비로소 삶의 여유를 느낄 수 있는 상태에 도달한다는 것을 시사한다.

> I—25는 요양원 전용으로 배치되었다 따라서 허
> 그 로봇이 감행하는 3가지 모험은
> 끌어안고 돌보고 구하는 일이다
> 똑바로 바라보지 않는 이곳에선 그래서 로봇은 실
> 례가 된다
>
> ——「허그 로봇의 결례」 부분

은이정의 시는 일상에서 마주하는 공간과 상황, 사람

들과의 관계를 주로 시의 무대로 소환한다. 식당과 카페를 중심으로 한 시적 공간에서 음식과 건강을 전복적 상상력을 통해 묘사한다. 어른을 위한 동화, 조금은 잔혹 동화 같은 작품들도 그 속을 들여다보면 결국 비틀린 현실의 반영이다. 과거나 미래보다는 현재를 시의 식탁에 올리지만, 수평적 관계나 뒤의 세대를 대상으로 하지는 않는다. 환대나 상처를 주는 대상이 아닐 수도 있겠지만, 남겨 둔 것이거나 속내를 더 깊이 감춘 것일 수도 있다. 은유와 상상, 묘사로 점철된 시인의 언어를 뒤적이다 보면 매우 조심스러워하는 한 사람이 있다. 특히 특정 관계에 힘들어하고, 연민하고, 죄스러워하면서 애달파한다. 따스하고도 선한 마음에 거절하지 못한다. 선뜻 다가가 안기거나, 안아 주는 것조차 "결례"는 아닌지 어색해하면서 안절부절못한다. 그는 "끌어안고 돌보고 구하는 일"의 힘듦으로 "슬픔을 짓고"(이하 「토끼 씨의 언덕」), "날마다" 죄를 쌓아 가는, "지옥은 가장 밝은 곳"(「파리지옥」)임을 인식하는, 그런 상황을 오롯이 견뎌 내는, 연약한 듯하지만 한없이 강한 존재이기도 하다.

동물원에서 흔들의자를 만드는 법

2026년 4월 2일 1판 1쇄 펴냄

지은이	은이정
펴낸이	김성규
편집	조혜주 권은하
디자인	송영현
펴낸곳	걷는사람
주소	서울 마포구 월드컵로16길 51 서교자이빌 304호
전화	02 323 2602
팩스	02 323 2603
등록	2016년 11월 18일 제25100-2016-000083호

ISBN 979-11-7501-065-9 04810

ISBN 979-11-89128-01-2 (세트)

* 이 책 내용의 전부 또는 일부를 재사용하려면 반드시 지은이와 출판사의 동의를 얻어야
  합니다.
* 잘못된 책은 교환해 드립니다.